QUANDO OS ESTRANGEIROS CHEGAREM

CIP-BRASIL. CATALOGAÇÃO NA PUBLICAÇÃO
SINDICATO NACIONAL DOS EDITORES DE LIVROS, RJ

S578q   Silva, Alex Dornelles da
         Quando os estrangeiros chegarem / Alex Dornelles da Silva. –
  1. ed. – Porto Alegre [RS] : AGE, 2023.
         143 p. ; 16x23 cm.

         ISBN 978-65-5863-206-1
         ISBN E-BOOK 978-65-5863-205-4

         1. Romance brasileiro. I. Título.

         23-84193   CDD: 869.3
                                     CDU: 82-93(81)

Gabriela Faray Ferreira Lopes – Bibliotecária – CRB-7/6643

Alex Dornelles

QUANDO OS ESTRANGEIROS CHEGAREM

Editora AGE

PORTO ALEGRE, 2023

© Alex Dornelles da Silva, 2023

Capa:
NATHALIA REAL

Diagramação:
NATHALIA REAL

Supervisão editorial:
PAULO FLÁVIO LEDUR

Editoração eletrônica:
LEDUR SERVIÇOS EDITORIAIS LTDA.

Esta é uma obra de ficção; qualquer semelhança com nomes, pessoas, fatos ou situações da vida real terá sido mera coincidência.

Reservados todos os direitos de publicação à
LEDUR SERVIÇOS EDITORIAIS LTDA.
editoraage@editoraage.com.br
Rua Valparaíso, 285 – Bairro Jardim Botânico
90690-300 – Porto Alegre, RS, Brasil
Fone: (51) 3223-9385 | Whats: (51) 99151-0311
vendas@editoraage.com.br
www.editoraage.com.br

Impresso no Brasil / Printed in Brazil

AGRADECIMENTOS

*Agradeço imensamente a todos os meus familiares e amigos, em especial ao amigo Flávio, aos meus irmãos, aos meus pais, Nelson (*in memoriam*) e Jane, aos sogros, Luiz e Suzana, aos meus filhos, Tales e Ulisses, e à minha esposa, Rosana.*

DEDICATÓRIA

Dedico esta obra a todas as pessoas que sofrem ou sofreram qualquer forma de desigualdade, injustiça, intolerância ou preconceito; mas, principalmente, àquelas pessoas que lutam por um mundo melhor.

SUMÁRIO

I	A tecnologia desvendando o Universo	11
II	Carona especial com uma notícia espacial	14
III	O amigo Neco, o trabalho e o futebol	18
IV	Porto Alegre, a capital dos gaúchos	22
V	Novos vizinhos	27
VI	Jahol Block	30
VII	Férias para um novo trabalho	33
VIII	Revelação	36
IX	A nova contratada	40
X	Crime na Cidade Baixa	46
XI	Dia de folga	51
XII	A força tarefa	56
XIII	O CTG	60
XIV	Novas surpresas	65
XV	Perguntas ao alienígena	72
XVI	Caçada aos terroristas	76
XVII	Interrogatório	79
XVIII	Café da nave	83

XIX	O rapto da Prefeita	87
XX	Jahol em ação	92
XXI	A Speed Spectrum	98
XXII	Homenagem	103
XXIII	Uma rosa em minha mão	110
XXIV	Do hospital para a nave	120
XXV	Amor na cápsula	123
XXVI	O cupido	127
XXVII	O grande dia	130
XXVIII	Acordando na nave-mãe	136
XXIX	Quatro anos depois	139
XXX	Quando os estrangeiros chegarem	142

I
A TECNOLOGIA DESVENDANDO O UNIVERSO

Estamos no ano 2056. A tecnologia desenvolvida pela humanidade é cada vez mais avançada.

Hoje Sílvio Silver está com 31 anos e ainda se lembra de sua adolescência em Porto Alegre, quando ficava impressionado com a tecnologia da época, dos avanços na Internet, dos computadores e, principalmente, do lançamento do telescópio Cosmos II ao espaço.

Maravilhas tecnológicas que hoje viraram peças de museu, mas que foram fundamentais para atingir o nível tecnológico dos dias atuais, como todos os inventos criados pelo homem ao longo dos séculos.

A Internet de agora está para a do passado como um coelho está para uma tartaruga. Ela é totalmente gratuita, pois se tornou necessidade básica a qualquer ser humano. Os computadores são tão sofisticados que aposentaram os velhos monitores, teclados e *mouses* (aquele periférico esquisito que lembrava a forma de um rato), já que a realidade virtual permite um processo de interação cada vez mais eficiente entre o homem e a máquina.

Hologramas são vistos por toda parte, fazendo propaganda dos mais variados produtos, além de outras atrações em *shows* e eventos.

Com a realidade virtual e os hologramas cada vez mais avançados, os *games*, aplicativos e tantas outras áreas da ciência ganharam recursos ultrassofisticados.

Drones de vários tamanhos sobrevoam a cidade, realizando entregas ou prestando serviços de táxi aéreo.

Os carros podem andar sozinhos pelas ruas ou com tripulantes usando o piloto automático. Os transportes por aplicativo não precisam mais de motoristas.

A arquitetura futurista em alguns bairros nobres da capital contrasta com a de outros mais antiquados, que possuem muitos prédios tombados pelo patrimônio histórico.

O supertelescópio Cosmos III foi lançado ao espaço há três anos e possui recursos nunca imaginados. Seus sensores podem captar ondas de transmissão a milhares de anos-luz de distância, e ele é totalmente controlável por uma espécie de hipercontrole remoto, resultado de muitos investimentos e esforços feitos por todas as nações do planeta através da Agência Espacial Internacional. Na verdade, o Cosmos III não é apenas um telescópio; é também uma nave espacial sem tripulantes e equipada com um canhão de *laser* extremamente poderoso que visa a defender, de forma preventiva, o planeta Terra de qualquer ameaça, principalmente meteoros gigantescos, que, de tempos em tempos, passam perto de nosso mundo e podem causar a extinção da raça humana, a exemplo do que ocorreu com os dinossauros. Ele alcança a maior velocidade já atingida por um objeto criado pelo *Homo sapiens*. Os segredos do Universo estão sendo desvendados dia a dia, em ritmo proporcional à velocidade e à capacidade do Cosmos III. Já se descobriu que há milhares de planetas e sistemas solares, inclusive planetas onde existem água e formas de vida em estado primitivo semelhantes a bactérias e protozoários do nosso planeta. A grande pergunta não é mais se estamos sozinhos no Universo, pois sabemos que não estamos, mas a pergunta que ainda persiste é: existe vida inteligente no Universo além da nossa?

Quanto mais o Cosmos III avança, maior é a probabilidade de fazermos contato com seres inteligentes; mas, afinal, será que encontraremos formas de vida mais avançadas do que a nossa? E será que conseguiremos conviver pacificamente se isso acontecer? Todos aguardam ansiosamente por essas respostas. São questões debatidas diariamente pelas autoridades globais, pelo meio científico e por interessados pelo assunto.

Sílvio não é nenhuma autoridade sobre óvnis, astronomia ou assuntos do gênero, mas sempre que pode ele acompanha as notícias sobre as novas descobertas e fica imaginando o dia em que seres humanos e seres extraterrestres manterão alguma forma de contato.

II
CARONA ESPECIAL COM UMA NOTÍCIA ESPACIAL

Naquela manhã, Sílvio acordou atrasado para o trabalho, tomou seu banho matinal e saiu sem tomar café. Entrou no elevador apressado, esbarrando na moça que já se encontrava ali dentro. Quando percebeu quem estava ao seu lado, seu coração disparou, e ele chegou a ficar vermelho, sem conseguir disfarçar o acanhamento. Era ela, Viviane Rosa Kelly, a bela e meiga Viviane, por quem Sílvio se apaixonara ainda na infância e, por mais que tenha tentado, não conseguia evitar aquele sentimento que dominava suas emoções. Então Viviane, cordialmente, quebrou o gelo:

– Oi, Sílvio! Tá com pressa? – arriscou ela.

– Estou – respondeu Sílvio, gaguejando.

– Você vai trabalhar? – continuou Viviane.

– Sim, estou um pouco atrasado. O relógio não despertou – desculpou-se Sílvio.

Viviane sabia que Sílvio não tinha automóvel e então ofereceu:

– Quer uma carona? Estou indo pro Centro.

Nesse momento, Sílvio quase não acreditava no que estava acontecendo. Não sabia que ficaria tão contente ao se atrasar para o trabalho e dispor de uma companhia tão agradável, por isso não hesitou em responder:

– É claro que sim! Também estou indo pro Centro e, atrasado como estou, esta carona chegou na hora certa – afirmou, apontando para o relógio do elevador.

Sílvio chegou a pensar em completar sua frase, dizendo alguma coisa do tipo "ainda mais com uma bela companhia" ou "ainda mais com uma pessoa tão agradável", mas a timidez o impediu de manifestar sua vontade.

Viviane possuía um belo automóvel, fruto da separação de um casamento que durara apenas dois anos. Ela ficara com um carro e um percentual do apartamento adquirido por seu marido enquanto estiveram casados.

Sílvio, sentado no banco do carona, não conseguia evitar e admirar as belas formas de Viviane, que, concentrada no movimento do trânsito intenso, nem percebia o sentimento em seu olhar.

Sílvio refletiu e percebeu como Viviane mudara ao longo dos anos, tornando-se uma mulher cada vez mais bonita e independente. Ele não se esquecia de quando eram crianças e do amor que sentiu por ela desde a primeira vez em que a viu.

Viviane ligou o rádio do carro, e uma música que era destaque nas paradas de sucesso começou a tocar. No entanto, a música foi subitamente interrompida pelo anúncio de uma notícia urgente, afirmando que a Agência Espacial Internacional recebera uma mensagem de seres extraterrestres através do Cosmos III. Segundo as primeiras notícias, os alienígenas informaram que estariam vindo para a Terra e, inclusive, teriam até confirmado a data estimada da chegada.

Sílvio, nesse instante, ficou perplexo, imaginando o que aconteceria depois desse fato e qual seria o destino da humanidade.

Então Viviane, que não acreditava nesse tipo de assunto, interrompeu:

— Vou trocar de estação. Essa rádio costuma fazer essas brincadeiras, mas o que eu quero é ouvir uma boa música.

Sílvio observou Viviane sintonizar outra estação de sua preferência. Ela comentou:

— Essas emissoras fazem de tudo para conquistar a atenção dos ouvintes, mas essa outra rádio tem boa música e pouco noticiário.

Entretanto, para o espanto de Viviane, a música que estava tocando também foi interrompida para um anúncio extraordinário. A notícia era a mesma informada pela outra estação. Sílvio e Viviane se olharam, num gesto que demonstrava o quanto ambos ficaram surpresos com a confirmação de que os extraterrestres haviam feito contato por intermédio do Cosmos III. Nesse momento, Viviane percebeu que o olhar de Sílvio não transparecia somente surpresa ou espanto, mas também deixava evidente sua afeição por ela. A timidez, porém, fez com que Sílvio desviasse seus olhos dos olhos de Viviane e, meio sem jeito, comentasse:

— Então é verdade! Finalmente, vamos ter algum contato com seres alienígenas.

Viviane, um tanto quanto incrédula, respondeu:

— Eu ainda acho que isso tudo não passa de uma brincadeira das emissoras de rádio.

— Orson Welles já fez isso no século passado — lembrou Sílvio, — mas acho que desta vez é diferente. Veja o holograma.

Sílvio apontou para o vendedor de jornais holográfico que estava na esquina, próximo a um semáforo, e o sinal vermelho fez Viviane parar o carro bem próximo do jornaleiro. Então eles viram que circulava uma edição extra de um grande jornal de Porto Alegre cuja manchete, estampada com letras garrafais, era: "EXTRATERRESTRES FAZEM CONTATO".

Viviane, atordoada pela notícia, ligou o piloto automático do carro. Agora, passara a acreditar que aquilo realmente era verdade. Chegou a ficar assustada; em segundos pensou o que isso representaria para o futuro de todos, olhou para Sílvio e disse:

– Meu Deus! O que será de nós quando os estrangeiros chegarem?

III
O AMIGO NECO, O TRABALHO E O FUTEBOL

A notícia da chegada de seres extraterrestres se espalhou rapidamente por todos os países. A imprensa intensificou suas ações na tentativa de obter e transmitir às populações todos os detalhes da mensagem enviada pelos alienígenas. Um tratado firmado na ONU impedia a Agência Espacial Internacional de omitir qualquer informação importante. À vista disso, a assessoria de imprensa da Agência repassava aos demais meios de comunicação toda e qualquer descoberta significativa. Viviane deixou Sílvio em uma rua próxima de seu trabalho, e ele disse a ela:

– Muito obrigado pela carona.

– Por nada! – respondeu Viviane.

Nesse instante, Sílvio encheu-se de coragem e, já com o rosto vermelho, falou:

– Viviane, com certeza esta foi a melhor carona da minha vida.

Sílvio, assim, seguiu em direção ao prédio em que trabalhava. Viviane ficou pensando no que Sílvio realmente quis dizer, pois não entendeu se ele gostara da carona por causa da notícia ou por estar com ela.

Sílvio chegou em seu trabalho e logo foi comentando sobre o grande acontecimento do dia com o Neco, que era seu melhor amigo. Sílvio e Neco eram amigos desde o Ensino Fundamental. Eles possuíam muitas coisas em comum, principalmente o interesse por futebol e *games*. Neco era o chefe do Departamento de Informática da empresa em que trabalhavam, e foi ele quem conseguiu a vaga de auxiliar administrativo para Sílvio. Neco era um autodidata em astronomia e há muito esperava pela manifestação de seres de outros planetas e, com essa notícia extraordinária, não conseguia esconder sua alegria:

– Viu, Sílvio, não te falei que era questão de tempo? Com 300 bilhões de planetas no Universo e 30 bilhões deles com condições atmosféricas semelhantes à da Terra, obviamente isso mais cedo ou mais tarde aconteceria.

Sílvio notou despreocupação em Neco e o interrogou:

– Neco, você não tem medo das consequências? E se os extraterrestres pretenderem subjugar os seres humanos? E se acontecer como naquele filme, em que os alienígenas queriam se apropriar da nossa água e dos nossos alimentos?

Neco, que continuava com ar de despreocupado, respondeu:

– Sílvio, eu faço a seguinte analogia: se os seres humanos chegassem em um planeta com vida inteligente, onde pudessem trocar experiências e conviver com tais seres, você acha que nós os destruiríamos?

– Eu acho que não.

– Então, Sílvio, é provável que esses seres estejam vindo em missão de paz, principalmente pelo fato de já terem nos avisado de sua chegada.

Sílvio, ainda cético em relação à opinião de Neco, refletiu e acabou concordando com ele. Na saída do trabalho, Sílvio e Neco foram jogar futebol em um clube localizado no bairro Ipanema. Antes da partida, durante os preparativos, dentro do vestiário, todos comentavam sobre a expectativa causada pela possível vinda de seres espaciais para a Terra. Aurélio, goleiro do time, disse sorridente:

– Hoje essa notícia me deixou inspirado. Duvido alguém fazer um gol em mim, vou fazer defesas do outro mundo.

Sílvio retrucou:

– É isso aí, Aurélio! Ainda mais com essa tua cara de ET.

Desse modo, os *atletas* entraram em campo, e foi uma bela partida de futebol, cheia de gols bonitos e falhas inacreditáveis, acabando empatada em 5 a 5. Sílvio, que possuía um chute muito forte, era conhecido como o canhão do time e marcou dois gols. Depois, enquanto tomavam banho dentro do vestiário, Neco, ironicamente, falou para Aurélio:

– Tu realmente estavas inspirado, Aurélio... Tomaste um "frango de outro mundo"!

Neco também era muito debochado, e o jeito como ele expressou "frango de outro mundo" imitando o cacarejar de uma galinha, foi hilário, e todos começaram a rir.

Após a pelada, Sílvio e Neco, acompanhados dos amigos, foram, como de costume, tomar cerveja em um bar próximo ao clube. Depois de muitas cervejas, Neco, usando o modo piloto automático de seu carro, deu uma carona para Sílvio até seu condomínio.

Sílvio entrou em seu apartamento e ficou conversando com sua mãe, Dona Júlia. Assistiram a um pouco de televisão, e depois ele se deitou para dormir. Antes de pegar no sono, ficou relembrando tudo que havia acontecido naquele dia; as lembranças vinham em sua mente na ordem inversa aos acontecimentos. Primeiro o futebol com os amigos, o dia de trabalho conturbado, até chegar na fantástica e, ao mesmo tempo, preocupante notícia que anunciava a vinda de seres espaciais ao nosso planeta. Só que nenhuma lembrança suplantava os olhos azuis de Viviane. Ele logo percebeu que a paixão por ela estava revitalizada, porém temia voltar a sofrer como sofrera todos esses anos em que nunca fora capaz de conquistá-la, nem ao menos de demonstrar seu interesse. Entretanto, o sentimento por ela era superior a qualquer temor, e Sílvio nunca estivera tão certo de que Viviane era o grande amor de sua vida.

IV
PORTO ALEGRE, A CAPITAL DOS GAÚCHOS

Depois de uma ótima noite de sono, Sílvio acordou cedo, ligou sua tela virtual e viu que os *sites* de notícias priorizavam reportagens sobre a iminente chegada dos seres extraterrestres, mas sem deixarem de abordar as várias guerras que estavam ocorrendo em diversos países. Os principais conflitos eram na Colômbia, no Irã e em alguns países africanos. Na Colômbia, guerrilheiros traficantes de drogas travavam uma longa batalha contra o governo, que, mesmo com a ajuda de outros países, não conseguia derrotar os cartéis do tráfico; no Irã, estavam ocorrendo disputas de cunho religioso; e na África, por causa de recursos minerais e conflitos entre as diversas etnias do continente.

Ao escutar o noticiário, Sílvio ficou pensando se a humanidade estaria preparada para receber seres de outros planetas, já que muitas pessoas sequer respeitavam a opinião de terceiros em relação aos mais diversos temas, como religião ou futebol. Então, como lidar com criaturas que poderiam ser completamente diferentes de nós?

Outro assunto muito preocupante, sempre em evidência nos meios de comunicação, eram problemas ambientais, que estavam cada vez mais acentuados em todos os continentes, tendo como principais motivos o processo de industrialização e o desmatamento, inclusive nos ditos países do Terceiro Mundo. O avanço tecnológico trazia muitos benefícios para o homem, mas, em contrapartida, os danos ao meio ambiente se tornavam uma chaga cada vez mais difícil de tratar. Com a diminuição da camada de ozônio, o aquecimento global e o derretimento parcial das geleiras dos polos, a humanidade passava por uma crise ecológica sem precedentes. Embora fossem descobertas novas alternativas, diminuindo os danos à natureza, como o uso de energias renováveis, ainda assim não era suficiente para combater esse mal que colocava em risco a vida na Terra.

Depois de refletir sobre esses assuntos, Sílvio ficou cético sobre as reais intenções dos seres espaciais e se perguntava: "Será que eles conhecem nossos defeitos e qualidades? O que eles querem com um planeta em guerra e à beira da destruição? Ou será que eles não sabem muito sobre nós e estão vindo em missão de estudo?"

Eram dúvidas que atingiam milhares de pessoas, políticos, cientistas ou cidadãos comuns, mas Sílvio ficava cada vez mais curioso e temeroso sobre as possibilidades relacionadas à vinda dos estrangeiros.

Sílvio olhou para o relógio e viu que já estava na hora de sair para o trabalho, entretanto lembrou que no dia anterior havia encontrado Viviane, casualmente, por conta de vinte minutos de atraso. Ficou indeciso, mas não resistiu; estava disposto a arriscar mais e lutar, como nunca fizera, pelo seu amor.

Vinte minutos depois, Sílvio saiu do apartamento e foi em direção ao elevador. Viviane morava no andar de cima; então ele esperou o elevador subir e, quando estava descendo, apertou o botão. O elevador parou, e Sílvio abriu a porta, mas, para sua decepção, quem estava dentro era Dona Jurema, uma senhora idosa que morava no nono andar. Ao notar o espanto de Sílvio, Dona Jurema perguntou:

– O que foi, Sílvio, está com algum problema?

– Não! É que esqueci minha agenda. Bom dia, Dona Jurema – disse ele.

Dona Jurema retribuiu cordialmente, desejando um bom-dia a Sílvio. O elevador desceu, e ele ficou uma vez mais esperando para repetir o mesmo processo; desta vez, quando abriu a porta, viu o simpático casal de *punks*, moradores do décimo andar, vestidos com suas roupas um tanto exóticas, que ainda brincaram dizendo:

– E aí, cara! Vai descer ou está com medo de nós?

– Desculpe! – falou Sílvio, sem jeito – É que acabo de lembrar que esqueci a minha agenda. Foi mal! – concluiu com um sorriso sem graça.

Depois, chegou a pensar em desistir, mas a paixão por Viviane voltara de forma arrebatadora, sendo que agora era capaz de fazer loucuras sem precedentes.

Então, na terceira tentativa, o elevador parou. Sílvio, sutilmente, abriu a porta; ao ver que os olhos azuis de Viviane olhavam para ele, um sentimento de euforia misturado com felicidade se manifestou de forma tão intensa, que parecia estar num sonho maravilhoso. Seu coração disparou e, devido a sua inerente timidez, seu rosto ficou vermelho. Entrou no elevador e disse acanhadamente:

– Bom dia, Viviane. Que coincidência nos encontrarmos novamente.

– Bom dia, Sílvio. Pois é, pelo jeito você está outra vez atrasado – comentou com sua simpatia habitual.

– É, acho que o meu despertador estragou mesmo. Vou ter que comprar outro – inventou para justificar mais um *atraso*.

– Ah, entendi. Posso te oferecer uma carona de novo? – perguntou ela, sorridente.

– Se não for incômodo – argumentou, tentando aparentar indiferença.

– Deixa disso, Sílvio. Nos conhecemos há tanto tempo, sempre é bom ajudar um amigo que cultivo desde a infância.

Amizade, simples amizade. Sílvio sempre quisera ser muito mais que um simples amigo dela. Não lhe agradava em nada ver Viviane falando daquele jeito, como se descartasse qualquer possibilidade de essa amizade se transformar em algo mais. Ele ficou meio angustiado com o tom da conversa, mas logo percebeu que, ao mesmo tempo, ela demonstrava afeição por ele e, quem sabe, essa afeição poderia ser a chave para transformar esse sonho em realidade.

Já dentro do carro, Viviane e Sílvio estavam sérios e pensativos, parecendo não haver assunto para dialogar. Até que Sílvio, ao se dar conta disso, comentou sorrindo:

– E hoje? Qual será a notícia bombástica do dia?

– Vou ligar o rádio para ouvirmos as novidades – comentou Viviane, apertando o botão do volante.

Nesse ensejo, o locutor da rádio dizia que a Agência Espacial Internacional estava ao vivo para todo o mundo e divulgaria novas informações enviadas do espaço pelos extraterrestres. O porta-voz da Agência começou seu discurso para repassar as informações vindas do espaço sideral; ele falava em inglês, mas o locutor da rádio traduzia simultaneamente a mensagem:

> Povo do planeta Terra, pedimos desculpas por enviar uma mensagem tão sucinta no último contato. Como estávamos muito longe, era tecnicamente mais difícil enviarmos uma informação mais detalhada. Agora, aproveitamos a oportunidade para garantir a todas as autoridades e demais cidadãos que estamos em missão de paz. Faz alguns anos que estudamos a Terra e já definimos o local onde será nosso primeiro pouso. A previsão de chegada é em aproximadamente 25 dias, na cidade do hemisfério sul chamada Porto Alegre. Até breve.

Ao término da leitura da mensagem, Sílvio e Viviane se olharam boquiabertos. Por um instante, Sílvio imaginou estar sonhando. Junto com sua amada Viviane, escutando aquela notícia inusitada, parecia-lhe algo fora da realidade.

– E agora, Viviane? Extraterrestres a caminho da Terra e dizendo que estão vindo para nossa cidade... O que mais falta acontecer?

– Pois é, agora só falta nevar – falou ela, brincando.

Sílvio e Viviane moravam desde que nasceram no mesmo lugar, num condomínio localizado no bairro Cidade Baixa, no Município de Porto Alegre, capital do Estado do Rio Grande do Sul, localizado no extremo sul do Brasil. O Rio Grande do Sul, entre outras coisas, também era conhecido por ter um inverno rigoroso, chegando a nevar em algumas cidades, principalmente nas localizadas na Serra Gaúcha, como Gramado, Canela e outras. Em Porto Alegre, neve era um fenômeno raro e fazia muitos anos que a natureza não proporcionava tal espetáculo aos porto-alegrenses.

Enquanto ainda percorriam o trajeto até o Centro da capital, Sílvio e Viviane estavam perplexos. Apesar dos ETs alegarem que a visita seria em missão de paz, a desconfiança se fazia presente, pois os estrangeiros poderiam estar blefando e armando algum golpe contra a raça humana.

No primeiro contato, as pessoas, no mundo todo, ficaram um tanto quanto incrédulas sobre a veracidade da notícia. Após o segundo contato, eclodiu uma onda de debates, conferências e manifestações. Algumas seitas religiosas passaram a pregar que seria o fim da humanidade. A indústria começara a produzir uma série de produtos relacionados ao tema. As forças armadas dos países, lideradas pelas grandes potências, intensificaram as estratégias de defesa para combater um possível ataque ao planeta. Agora, definitivamente, o mundo estava esperando a chegada dos alienígenas.

V
NOVOS VIZINHOS

Uma semana se passara desde que foi anunciada a vinda de seres extraterrestres ao nosso planeta. Sílvio chegou ao escritório para mais um rotineiro dia de trabalho; estava com dificuldade de se concentrar, pois a paixão por Viviane nunca estivera tão forte, e não conseguia pensar em outra coisa. Também a notícia da chegada dos extraterrestres era assunto que não cessava no ambiente de trabalho, todos preocupados com os possíveis desdobramentos desses eventos. Toda a expectativa causava certa aflição nas pessoas; mesmo aquelas menos interessadas estavam agora tensas e ansiosas por tudo que poderia ocorrer de agora em diante. O fato de os alienígenas apontarem Porto Alegre como o local de sua chegada tornara os porto-alegrenses ainda mais atentos ao desfecho dos acontecimentos.

Eram quase 20 horas quando Sílvio chegou em casa depois de um difícil e intenso dia. O condomínio onde morava, chamado Estrela Cadente, era de classe média, com apartamentos de um ou dois dormitórios. Sua localização privilegiada, próxima ao centro da cidade e perto de diversos outros pontos importantes de Porto Alegre, fez com que muitos apartamentos fossem adquiridos por investidores para locação. Era o caso do apartamento ao lado do seu, que estava para alugar, mas Sílvio percebeu movimentação dentro do imóvel e constatou estar ocupado. Ficou pensando quem seriam seus vizinhos agora, já que na última vez residiu ali um casal com um filho de 10 anos. O garoto fazia Sílvio lembrar-se de sua infância. Foi quando ele tinha 10 anos de idade que conheceu Viviane na pracinha do condomínio. Os dois brincaram a tarde inteira, enquanto sua mãe e a mãe dela conversavam. Aquela lembrança era marcante para ele, o cabelo preto dela, a pele clara, os olhos azuis e a voz doce. Ele nunca conhecera uma menina tão bonita; não sabia se ela era um anjo ou uma princesa.

Suas recordações foram interrompidas repentinamente, quando a porta do apartamento se abriu, saindo de dentro três homens estranhos.

– Boa noite – disse Sílvio educadamente.

Mas os homens, carrancudos, olharam Sílvio com frieza e foram em direção ao elevador sem retribuir a cordialidade. Sílvio, desconfiado, pensou: "Que caras mal-educados! Que tipos esquisitos!"

Sílvio ficou com má impressão em relação aos novos inquilinos; após, quando chegou em casa e ligou a televisão, estava passando uma notícia sobre o espancamento de um morador de rua por um grupo de jovens; a vítima estava internada em estado grave, com traumatismo craniano. Esse fato deixou Sílvio pensativo, pois ficou indagando como a humanidade poderia estar recebendo seres de outro planeta se sequer conseguia respeitar seus semelhantes, chegando ao ponto de cometer crimes por motivo fútil como foi esse caso. Nesse momento, ficou triste e lamentando a brutalidade que os humanos, por vezes, cometem. Entendia que os homens ainda teriam muito o que aprender sobre a vida em sociedade e, principalmente, sobre o respeito ao próximo.

Ainda pensativo, Sílvio tomou um banho, jantou e resolveu dar uma volta até o bar da esquina para espairecer. Era inverno, e a temperatura naquela noite estava fria. Colocou um casaco e desceu até o bar. Pediu uma cerveja e ficou bebendo sozinho, pois nenhum dos seus amigos estava presente no local. Sentado à mesa do bar, viu a mãe de Viviane, Dona Gema, passar, indo em direção ao condomínio. Ela carregava uma sacola com compras, e ele, inevitavelmente, imaginou aproximando-se dela e dizendo: "Boa noite, sogra, quer ajuda?". Muitos homens têm o hábito de reclamar da sogra, seja por motivos verdadeiros ou por brincadeira, mas Sílvio gostaria muito de ter Dona Gema como sogra. Ficava se lamentando por nunca ter tido coragem de conversar com Viviane sobre seus sentimentos. Seu grande desapontamento na adolescência foi quando Viviane apresentou-lhe seu primeiro namorado; esse fato o deixou tão abatido, a ponto de afastar-se dela. Daquele dia em diante, a relação de amizade entre os dois ficara mais distante. Em meio a lembranças, Sílvio percebeu um homem estranho entrar no bar. O sujeito chamara-lhe a atenção por seu tamanho e magreza; deveria ter mais de dois metros de altura e era bem apresentado. Vestia calça preta e, apesar do frio, apenas um blazer bege; por baixo, uma bela camisa clara, diferente das demais pessoas no bar, pois quase todas vestiam casacos de lã ou sobretudo. O estranho sentou-se num banco alto, próximo ao balcão, e pediu água mineral. Alguns minutos se passaram, Sílvio continuava perdido em pensamentos... O mundo estava passando por uma situação inusitada; receber a visita de seres espaciais mexeu com a cabeça das pessoas. O estranho continuava sentado junto ao balcão, quando Sílvio percebeu que ele o olhava. Disfarçou e fingiu não perceber, mas ficou observando e notou que o sujeito realmente o estava examinando. Ficou em dúvida sobre o interesse dele, mas agiu com naturalidade. Quando terminou sua cerveja, pagou a conta e foi para casa. Já no saguão do edifício, chamou o elevador, entrou e, quando a porta estava quase fechada, escutou passos apressados no lado de fora, e a porta subitamente foi reaberta por alguém. Para sua surpresa, entrou no elevador aquela grande figura: o mesmo estranho que estava no bar.

VI
JAHOL BLOCK

A inesperada entrada do estranho no elevador deixou Sílvio atento, pois ficara preocupado com as intenções do desconhecido, porém essa preocupação logo se desfez. O sujeito, educadamente, falou com sotaque estrangeiro:

— Boa noite, meu nome é Jahol Block.

— Boa noite, eu sou Sílvio, Sílvio Silver.

— Prazer em conhecê-lo, Sílvio. Peço escusas se estiver sendo inconveniente. Notei que você estava sozinho no bar e depois vi você vindo para o condomínio. Como sou novo aqui no prédio, corri para poder conversar contigo e me apresentar.

— Tudo bem. Você é estrangeiro? – perguntou Sílvio.

— Afirmativo. Vim da Inglaterra e estou a trabalho para acompanhar a vinda dos extraterrenos aqui em Porto Alegre.

— Legal isso! Interessante esse tipo de trabalho.

Logo o elevador chegou ao sexto andar, mas Sílvio ficou pressionando o botão para manter a porta aberta.

— Sim, Sílvio, é um trabalho deveras importante, mas que requer muitos sacrifícios.

— Entendo, mas não seria melhor ter se hospedado num hotel? – questionou Sílvio.

– Preferi alugar um apartamento, pois gosto de privacidade – alegou Jahol.

– Está certo. Isso é bem pessoal. Em que apartamento está morando?

– Aluguei o 707 – informou Jahol.

O apartamento 707 era exatamente ao lado do 708, onde morava Viviane. Como Jahol se mostrara amigável e interessante, Sílvio achou conveniente se aproximar e conhecê-lo melhor, pois, além de poder cuidar se ele teria algum contato com Viviane, também poderia ser um facilitador para eventualmente encontrá-la no corredor do sétimo andar. Com isso, Sílvio declarou:

– Jahol, posso te ajudar aqui na cidade e te mostrar alguns lugares, se você precisar.

– Sílvio, estava justamente pensando em contratar alguém para me auxiliar. Quer trabalhar comigo? – comentou Jahol animado.

– Trabalhar? Você quer me pagar para te ajudar?

– Sem dúvida, Sílvio! Tenho verba para contratar alguns assistentes.

– Puxa vida. Que pena! Eu trabalho o dia todo, senão certamente aceitaria.

– Lamento, Sílvio, mas seria muito produtivo ter um vizinho como auxiliar nesta missão.

– Mas tenho uma alternativa. Tenho 30 dias de férias para tirar; quanto você me pagaria por dia?

– Cem libras – respondeu Jahol.

– Cem libras por dia?! – surpreendeu-se Sílvio.

– Com certeza, cem libras por dia de trabalho.

Sílvio ficou desconfiado, mas Jahol lhe pareceu ser uma pessoa íntegra. Lembrou-se também da possibilidade de Viviane conhecer Jahol e do ciúme que sentia dessa possibilidade. Assim, sem hesitar, afirmou:

– Então aceito, Jahol. Só peço para te confirmar amanhã à noite, pois ainda preciso da autorização de meu chefe para tirar férias.

– Sem problema. Amanhã à noite conversaremos. Podemos nos encontrar no bar?

– É claro! Eu moro no apartamento 605; qualquer coisa, pode me chamar.

– Estamos combinados. Mas acho que precisamos liberar o elevador para os demais moradores – afirmou Jahol.

– É mesmo. Boa noite! – sorriu Sílvio, sem jeito.

– Boa noite, Sílvio.

Jahol seguiu no elevador. Sílvio, surpreso por ter conhecido esse novo vizinho e, ao mesmo tempo, ter recebido uma proposta de trabalho extra tão boa, foi para casa.

VII
FÉRIAS PARA UM NOVO TRABALHO

No outro dia, Sílvio acordou mais cedo do que de costume, pensando em não se atrasar para conversar com seu chefe imediato. Pegou um ônibus até o Centro Histórico e, dentro do veículo de transporte, notou o quanto as pessoas comentavam sobre a iminente chegada dos *aliens*. Mesmo já tendo recebido várias vezes o Fórum Social Mundial e possuir dois times de futebol campeões do mundo, nunca a cidade de Porto Alegre estivera tão em evidência em nível global. Muitos jornalistas do mundo inteiro estavam desembarcando na cidade. Até o dia anunciado, certamente viriam ainda mais pessoas.

Sílvio chegou ao local de trabalho às 8h10min, vinte minutos antes do início do expediente, porém Neco já estava à sua mesa, lendo as notícias na tela virtual.

Neco, então, brincou com Sílvio:

— E aí, Seu Sílvio, caiu da cama?

— Caí por um bom motivo – respondeu Sílvio, sorrindo.

— Mas pra você chegar cedo assim, deve ser um belo motivo – retrucou Neco.

— E é mesmo, Neco. Vou pedir 30 dias de férias a partir de amanhã.

Neco ficou surpreso, fechou o sorriso e disse seriamente:

– Como assim? Nós temos regras aqui na empresa, Sílvio. Não creio que teu chefe irá te conceder tantos dias sem planejamento prévio.

Sílvio sabia que a reação de Neco seria essa, pois ele sempre foi muito responsável, tanto como estudante quanto como profissional, mas Sílvio também conhecia bem o amigo e foi logo se justificando:

– Calma, Neco, deixa eu explicar... É por um excelente motivo.

Assim sendo, explicou para Neco sobre o fato de ter conhecido Jahol e sobre a oferta de trabalho temporário.

Neco, ainda incrédulo, indagou:

– Tem algo errado com esse tal Jahol. Você vai acreditar num estranho sem obter referências?

– Eu também não estou seguro sobre isso, Neco, mas ele é meu vizinho e pareceu ser uma pessoa confiável. Também vou exigir o pagamento por dia para não correr risco.

– E tem ainda o fato de o teu setor estar com várias demandas de trabalho. Vai ficar difícil te concederem 30 dias de férias – alegou Neco.

– Tudo bem, sou teu amigo e te entendo. Mas essa será uma aventura única na minha vida. Estou um pouco cansado da rotina, precisando de dinheiro extra, e o trabalho no setor sempre estará acumulado.

Nesse instante, Neco se lembrou de todas as adversidades que seu grande amigo Sílvio passara na vida, como a morte do pai e as dificuldades que ele e sua mãe enfrentaram após isso. Também recordou da tristeza que seu amigo até hoje sentia por essa perda e das consequências psicológicas disso. Sílvio chegou a fazer a graduação em Direito e, por mais que Neco sempre tentasse incentivá-lo, não teve força de vontade suficiente para seguir adiante, parando na metade do curso.

A imagem de Sílvio chorando no velório do pai foi marcante na vida de Neco, que, secretamente, prometeu para si mesmo ajudar o amigo sempre que possível. Ele e a mãe dependiam apenas de uma pequena pensão deixada pelo pai, insuficiente para terem uma vida com mais conforto.

Depois dessas lembranças, Neco reconsiderou, dizendo:

– Pensando bem, você está certo. Vou ver o que posso fazer por você. Seu "mala sem alça" – brincou.

– Obrigado, Neco. Espero um dia poder retribuir tudo o que você já fez por mim, mas a cerveja depois do futebol é por minha conta, ok?

Chamaram o Teobaldo, chefe imediato de Sílvio, explicaram para ele a situação e, felizmente, atendeu à solicitação. Após um firme aperto de mão, os dois voltaram a suas atividades funcionais. Sílvio teria um dia de muito trabalho para deixar suas tarefas organizadas e poder sair de férias no dia seguinte.

VIII
REVELAÇÃO

Depois de um dia cansativo de trabalho, Sílvio foi encontrar Jahol e combinar sobre o início das atividades. Ao entrar no bar, Jahol já estava sentado esperando.

— Como vai, Jahol?

— *Hello*, Sílvio! – respondeu Jahol com seu sotaque britânico – Tudo certo no trabalho?

— Sim, consegui 30 dias de férias. Começamos quando?

— Pode ser agora? – disse Jahol inesperadamente.

Sílvio achou estranho o pedido de Jahol e questionou:

— Agora? O que você pretende fazer?

— Conhecer a cidade. Para isso estou te contratando, e já vou transferir o pagamento para tua conta. Qual é tua chave Pix?

— silver2025@adsfutura.com.br

— Ok, pagamento efetuado. Confere se está tudo certo, por favor.

Sílvio verificou pelo *smartphone* que Jahol lhe pagara uma semana adiantado. Surpreso e ao mesmo tempo contente, logo se prontificou:

— Nossa, muito obrigado! Aonde vamos?

Jahol retirou do bolso da camisa um cartão cromado e passou para Sílvio; apontou para o belo carro estacionado na frente do bar e falou:

— Tu és meu guia, então você decide.

Entraram no carro. Sílvio, ainda sem saber ao certo aonde levar Jahol, ficou um pouco nervoso, pois não tinha carro e fazia tempo que não dirigia. Arrancou com um solavanco, e Jahol achou graça. Ao perceber que Sílvio estava nervoso, brincou:

– Calma, Sílvio! Quer chamar um transporte por aplicativo?

– Faz tempo que não dirijo. Este modelo de carro é mais moderno e não estou acostumado, mas logo pego o jeito.

Sílvio seguiu dirigindo, aos poucos foi se acalmando e viu que Jahol estava muito tranquilo. Resolveu dar uma volta até os *pubs* localizados na avenida Cristóvão Colombo. Seguiu pela rua Gen. Lima e Silva até a avenida Loureiro da Silva, passou em frente aos prédios da Universidade Federal, pegou a rua Garibaldi até a Farrapos, percorrendo algumas quadras até uma transversal e ingressando na Cristóvão. Estacionou o carro em frente ao All Pub, o estabelecimento mais famoso da região, onde era servida boa bebida e sempre havia boas bandas de *rock* se apresentando. Os dois se sentaram junto ao balcão e ficaram tomando chope, curtindo os *shows*. Eram aproximadamente 5 horas da madrugada, quando resolveram ir embora. Foi uma noite divertida, pareciam amigos de longa data, e o efeito dos chopes ajudou a descontrair. Entraram no carro, e Jahol programou o piloto automático para retornar. A lei seca entrara em vigor no Brasil no ano de 2008, punindo rigorosamente os motoristas que conduzissem, manualmente, após terem ingerido álcool. Assim, desde então, a indústria automobilística desenvolveu carros ultrassofisticados. O carro foi indo na velocidade moderada permitida para essa modalidade, e as ruas estavam com pouco movimento. Quando passavam pela avenida Farrapos, Sílvio mostrou para Jahol algumas casas noturnas pelo caminho; em frente aos bordéis, várias mulheres exibiam sua beleza para aqueles que estivessem dispostos a pagar para fazer sexo. Sílvio questionou:

– Jahol, você frequenta esse tipo de lugar?

Meio sem jeito, ele respondeu:

– Não. Nada contra quem frequenta, mas não é o meu caso.

– Notei que você não usa aliança, mas você está comprometido com alguém?

– Sim, tenho minha companheira. Ela virá nos visitar daqui a alguns dias – informou Jahol.

– Ah, entendi. Então você não cogita ficar com alguma mulher brasileira, é isso? – continuou Sílvio.

– Exatamente – ratificou Jahol.

Sabendo das intenções de Jahol, Sílvio ficou com menos ciúmes de um possível envolvimento do estrangeiro com Viviane.

Os dois ficaram em silêncio e pensativos por alguns minutos, quando Jahol repentinamente falou:

– Percebi que também não usas aliança. Mas tens namorada?

Sílvio ficou vermelho, não sabia exatamente o que responder. Seu amor por Viviane era o segredo mais bem guardado do Universo; porém, influenciado pelo efeito do álcool, percebeu que essa seria a melhor oportunidade de finalmente desabafar com alguém sobre seus sentimentos. Jahol cada vez mais lhe transmitia confiança, demonstrando ser uma pessoa de excelente caráter. Nisso, Sílvio revelou:

– Jahol, vou te confessar minha situação, mas te peço sigilo absoluto.

– Sem problema, Sílvio, podes confiar em mim.

– Sou apaixonado por uma linda mulher. Ela é nossa vizinha no condomínio, mora no apartamento ao lado do teu. Conheço ela desde os 10 anos de idade; foi amor à primeira vista – relatou Sílvio.

– E ela sabe que você a ama? – continuou Jahol.

– Nunca tive coragem de contar a ela, pois jamais me deu esperança. Sempre me tratou apenas como amigo. Ela já foi casada, teve outros namorados, e eu nunca tive chance alguma.

– Mas tens que se declarar para ela – afirmou Jahol com seu sotaque inglês.

– Estou tentando, Jahol, mas também sou tímido, não sou o tipo de cara que tem sucesso com as mulheres – lamentou Sílvio.

– Entendo, Sílvio, como estás me ajudando aqui em Porto Alegre, vou ajudá-lo com essa garota – sorriu Jahol.

Sílvio estava surpreso com as palavras de Jahol. Quantas coisas estavam acontecendo nos últimos dias! Primeiro a volta da paixão arrebatadora por Viviane e sua decisão de lutar por esse amor; depois veio a notícia da vinda de seres extraterrestres para Porto Alegre; e ainda o fato de conhecer Jahol, que, por sua vez, ofereceu-lhe trabalho extra e, inesperadamente, também estava oferecendo-lhe ajuda com Viviane. Antes desses acontecimentos, sua vida passava por um momento de monotonia, resumindo-se a trabalho, futebol com os amigos e casa. Agora tinha certeza de que todos aqueles eventos marcariam de algum modo sua vida para sempre.

Os dois voltaram para o condomínio e, antes de se despedirem, combinaram de se encontrar no dia seguinte, ao meio-dia, para almoçarem juntos.

Sílvio chegou em casa, deitou-se na cama e apagou de tanto sono e cansaço acumulado do dia agitado que tivera.

IX
A NOVA CONTRATADA

Eram quase 11 horas quando Sílvio acordou, tomou um banho, fez sua higiene habitual e ligou a tela virtual para ver as notícias. Os *sites* informavam sobre as manobras militares em Porto Alegre. Porta-aviões, submarinos e tropas de vários países formaram uma força única em defesa do planeta.

Sílvio passou um café – naqueles dias de inverno uma xícara de café quente fazia muito bem – revigorante após os vários chopes no All Pub.

Ao meio-dia, desceu para se encontrar com Jahol. Ao sair, escutou uma discussão no apartamento ao lado. Falavam alto, mas numa língua estranha, e Sílvio não conseguiu identificar. Isso o fez ficar curioso e desconfiado em relação aos novos moradores.

Estava um dia ensolarado, com céu totalmente azul. Ao entrar no bar, Sílvio avistou Jahol sentado e, de repente, ficou perplexo com a cena que se apresentava; foi ficando com o rosto vermelho, com o corpo paralisado, e uma sensação de constrangimento o dominou, passando a sentir ciúmes ao perceber com que intimidade Viviane e Jahol conversavam.

Jahol observou que Sílvio, na entrada do bar, estava boquiaberto e o chamou:

– *Hello*, Sílvio! Estávamos te esperando.

Sílvio voltou a si e caminhou em direção aos dois, que estavam sentados:

– Oi, pessoal!

– Vocês já se conhecem? – interrogou Jahol.

Viviane prontamente respondeu:

– Apenas há mais de 20 anos – sorriu.

– Então, dispensamos as apresentações – comentou Jahol, sorridente.

– Sem dúvida, Jahol. Eu e Viviane somos amigos de infância – complementou Sílvio.

– Excelente! Tenho boas notícias, Sílvio – disse Jahol.

– Então me diga – falou Sílvio.

– Vivian também vai trabalhar com a gente. Ela me disse que estuda Jornalismo e dispõe de três tardes livres por semana. Gostaste da novidade?

Sílvio percebeu que Jahol estava chamando Viviane de Vivian, mas sabia que era devido ao sotaque inglês, e respondeu:

– É claro, Jahol! Muito bom ter uma amiga trabalhando com a gente. A Viviane é muito inteligente... Foi uma grande contratação – elogiou.

Os três olharam o cardápio, e cada um pediu um prato para almoçar. Jahol estava animado, fazendo planos para sua estada em Porto Alegre. Viviane parecia tranquila e confortável com o novo trabalho. Sílvio, porém, estava acanhado e ao mesmo tempo feliz com a presença de Viviane; tentava disfarçar, mas não conseguia desviar seu olhar e admirar sua amada. Jahol percebera a atitude de Sílvio e tentou ajudar:

– Então, Vivian, você e Sílvio devem ter boas histórias para contar. Estou certo?

– É claro, Jahol! Sílvio é um amigo muito querido; brincávamos juntos quando éramos criança. Lembro que, certa vez, ele pegou um par de algemas do seu pai, que era policial, e prendeu seus dois tornozelos – disse sorrindo. O problema é que seu pai estava trabalhando, e a chave das algemas com ele. Soltaram o Sílvio quando já era noite. Passou a tarde toda pulando feito um canguru.

Os três caíram na gargalhada. Entretanto, Sílvio ainda ficava desconfortável com a maneira como Viviane o tratava; parecia que seu interesse por ele nunca seria nada mais além de amizade.

Estavam quase terminando de almoçar, quando entraram no bar os três homens estranhos que estavam morando ao lado do apartamento de Sílvio. Jahol, olhando sério para os elementos, perguntou a Sílvio:

– Quem são esses homens, Sílvio?

– São os novos vizinhos do apartamento 606. Achei eles muito mal-educados. Talvez sejam de outro país, pois escutei eles conversando numa língua estranha – explicou Sílvio.

– Nossa, que sujeitos mais mal-encarados! – comentou Viviane.

Os homens também almoçaram. Ficaram sérios o tempo todo, comeram rapidamente e saíram. Jahol ficou intrigado com o aspecto dos forasteiros.

Após a saída dos estranhos, ficou um silêncio na mesa, mas Viviane tratou de quebrá-lo:

– Então, rapazes, o que vamos fazer agora à tarde?

– Bem lembrado, Vivian, vamos deixar que meu agente Sílvio programe nosso roteiro – afirmou Jahol, jogando o cartão do carro para Sílvio.

– Posso dar uma sugestão, Sílvio? – perguntou Viviane.

– É claro, Viviane! Com certeza! – disse Sílvio, empolgado.

– Que tal Ipanema? – sugeriu ela.

– Grande ideia! Com esse dia ensolarado, vai ser um ótimo passeio – respondeu Sílvio.

Lá se foram os três. Jahol conheceria mais um bairro de Porto Alegre. Sílvio escolheu um caminho mais longo, porém mais bonito. Utilizou a avenida Edvaldo Pereira Paiva, passaram por trás do Estádio Beira-Rio, em seguida pegaram a avenida Diário de Notícias e saíram no bairro Assunção. Depois, seguiram pelo bairro Tristeza até chegarem ao belo bairro Ipanema.

A pedido de Viviane, foram à praia de Ipanema, onde havia muitos barzinhos e um grande calçadão na orla da praia. Desceram do carro e entraram no bar Sol Poente. Um gentil garçom os atendeu, e então pediram dois chopes e uma água mineral para Viviane. Como era meio de semana e início da tarde, o bar ainda estava vazio. Somente os três e o garçom desfrutavam a bela paisagem.

Os olhos azuis de Viviane brilhavam, olhando para a praia. Sílvio tentava se conter, mas era difícil não admirar Viviane enquanto ela observava a beleza do local.

Quando chegaram mais dois chopes, Jahol disse para o garçom:

– Gostei de você, te achei muito simpático. Eu vim da Inglaterra e estou em Porto Alegre a trabalho. Se importa em sentar-se com a gente e contar um pouco de sua história?

O garçom ficou positivamente surpreso com o convite de Jahol, pois não estava acostumado com esse tipo de atitude, e julgou que talvez fosse algo da cultura estrangeira. Então, sentou-se junto a eles e se apresentou:

– Eu sou João, o garçom brasileiro – disse sorrindo.

– Meu nome é Jahol, e esses são meus assistentes Sílvio e Vivian.

– Meu nome é Viviane, mas o Jahol me chama de Vivian – explicou.

João era um homem baixo, um tanto acima do peso e seu linguajar era humilde. Ele ficou conversando com Jahol e lhe contou sobre sua infância pobre no interior do Rio Grande do Sul e que viera para Porto Alegre tentar melhorar de vida e conseguira. Durante o dia, trabalhava no bar e à noite, em sua própria carrocinha de cachorro-quente. Disse que tinha três filhos e que sua esposa era dona de casa, e que considerava sua família a coisa mais importante de sua vida.

Enquanto João e Jahol conversavam, Sílvio aproveitou para puxar papo com Viviane:

– E então, Viviane, como conheceu Jahol?

– Eu estava saindo de casa hoje pela manhã, e Jahol chegando ao apartamento dele. Ele, nada tímido, foi se apresentando e disse que era o novo vizinho. Então, me contou sobre sua origem e sobre a cobertura da chegada dos ETs. Após eu ter dito que estudo Jornalismo, ele me convidou. Pedi um tempo para pensar e dei a resposta no bar. Mas antes de você chegar, ele me contou sobre como vocês se conheceram e que você também estava contratado – disse Viviane, atenciosamente.

– Estou achando incrível tudo o que está acontecendo, desde o dia que você me deu aquela carona. Ficamos sabendo da vinda dos alienígenas e agora estamos juntos, trabalhando para um inglês. O que você pensa disso? – questionou Sílvio.

– Estou feliz e ao mesmo tempo preocupada com o destino da humanidade, pois esse evento é sem precedentes e, certamente, afetará a humanidade em vários aspectos – afirmou Viviane num tom mais formal.

– Sim, Viviane, eu também estou preocupado, mas estou curtindo essa história. Eu sempre achei que a humanidade estava evoluindo a passos de formiga em relação às diferenças sociais, preconceito e intolerância. A vinda dos extraterrenos será decisiva nesse processo, não tenho dúvida disso. Nossa esperança é que realmente sejam seres amigáveis e possam nos ajudar.

– Vamos torcer, porém eu tenho muito medo das reais intenções desses visitantes. É certo que eles possuem tecnologia mais avançada que a nossa e com isso podem também ter armas bem mais sofisticadas.

Os quatro conversaram até umas 16 horas, quando o bar começou a ficar movimentado, e o João teve mais trabalho a fazer. Jahol, Sílvio e Viviane, então, resolveram caminhar pelo calçadão de Ipanema, onde muitas pessoas realizavam caminhadas ou corridas. Havia alguns casais namorando, aproveitando o ambiente propício, fazendo com que a vontade de Sílvio em se declarar para Viviane ficasse ainda mais forte.

Os três seguiram vislumbrando aquela bela vista do Guaíba.

Jahol, que já estava sabendo do sentimento de Sílvio por Viviane, inventou uma desculpa para deixá-los a sós, alegando que precisaria voltar para o carro e efetuar algumas ligações profissionais.

Já eram quase 18 horas, o sol começava a se pôr, e o casal de amigos ficara admirando aquele momento sublime.

Viviane ficou emocionada e disse:

— Esse é o pôr do sol mais lindo que já vi, um momento de pura poesia.

Sílvio sabia que Viviane gostava muito de poesia e lembrava que desde criança ela lia clássicos como Fernando Pessoa, Camões, Carlos Drummond de Andrade, Mário Quintana, bem como outros poetas contemporâneos. Mesmo assim, admirou a sensibilidade dela e cogitou aproveitar o momento para revelar seu sentimento, mas novamente sua timidez o impediu, e ele se limitou a dizer:

— Lindo mesmo.

Então eles usaram seus *smartphones* para tirarem fotos e registrarem aquele espetáculo protagonizado pelo astro-rei.

Logo após Jahol voltar, os três terminaram aquele fim de tarde fazendo poses divertidas para fotos.

X
CRIME NA CIDADE BAIXA

O condomínio Estrela Cadente sempre foi um bom lugar para morar, com poucos conflitos entre os vizinhos e respeito ao regulamento, que estabelecia regras de boa vizinhança. O fato de ser localizado na rua General Lima e Silva, bairro Cidade Baixa, tinha suas vantagens e desvantagens. O bom é que era um local badalado, com agitada vida noturna, um ponto de referência, onde todo tipo de pessoa, eventual ou costumeiramente, escolhia para comemorar algo, fazer *happy hour*, assistir a jogos de futebol e principalmente beber e dançar. Também havia vários grupos específicos de sujeitos, as chamadas *tribos*. Neco costumava chamar a Lima e Silva de *Galápagos*, pela *fauna* diversificada e exótica dos seres que ali transitavam. Em contrapartida, além do barulho, o ruim eram as diversas ocorrências policiais que já aconteceram nas ruas, como atropelamentos por motoristas alcoolizados e brigas entre torcedores nos dias de jogos de futebol.

Sílvio sempre ficava muito triste cada vez que isso acontecia na região onde morava, mesmo sabendo que esses fatos não eram raros em locais tão movimentados, pois sempre tivera a convicção de que a violência é a pior forma de expressão do ser humano.

Contudo, aquela noite estaria marcada por um ato de extrema crueldade naquela região.

Sílvio, Jahol e Viviane voltavam de seu passeio e, chegando ao bairro Cidade Baixa, avistaram vários carros da polícia e da perícia nas redondezas. Viviane estava dirigindo, pois não havia ingerido bebida alcoólica. Jahol ficou curioso e pediu para ela encostar o carro próximo de uma das patrulhas. Jahol e Sílvio desceram do carro e se aproximaram de um policial:

— Boa noite. O que está acontecendo? – perguntou Jahol.

— Um homem foi assassinado... coisa feia. O corpo esquartejado foi distribuído em várias partes do bairro.

Sílvio e Jahol se entreolharam e ficaram impressionados com tamanha brutalidade.

— E há alguma pista de quem cometeu esse crime brutal? – continuou indagando Jahol.

— Não, o fato aconteceu há pouco. O DNA da vítima não consta no banco de dados brasileiro – afirmou o policial, parecendo estar espantado com a ocorrência.

Diante disso, os dois voltaram para o carro e contaram a informação do policial para Viviane, que também ficou chocada, e retornaram para o condomínio Estrela Cadente. Já com o carro no estacionamento, Viviane disse:

— Até mais, rapazes. Nos vemos depois de amanhã. Tenho que fazer algumas compras no supermercado. Tirando essa notícia triste que tivemos agora, foi um dia excelente.

— Obrigado, Vivian. Nós três formamos uma boa equipe.

— Aguardo teu relatório – disse Jahol.

Os três desceram do carro e, antes de partir, Viviane deu um beijo no rosto de Jahol e disse:

— Eu que te agradeço, Jahol. Obrigada pela oportunidade. Pode deixar que até quinta te passo o relatório. Adorei te conhecer.

Sílvio sentiu novamente um certo ciúme, mas sabia que Viviane era uma pessoa muito carinhosa. Ele não conseguia, entretanto, deixar de pensar na possibilidade de ela se interessar por Jahol e continuava preocupado com isso.

Após a despedida, Jahol convidou Sílvio para jantarem no bar da esquina, pois estava com fome e disse que queria conversar com ele. Eram mais de 20 horas e os dois, sentados à mesa do restaurante, conversavam sobre as próximas etapas do trabalho de Jahol. Porto Alegre era a atração das notícias pelo mundo. Além da inacreditável vinda de alienígenas, agora um crime bárbaro, cuja vítima possivelmente fosse de outro país. Tudo isso aguçava o interesse da imprensa internacional. Enquanto aguardavam a comida ser servida, Jahol começou a elaborar o plano de trabalho para o dia seguinte:

– Sílvio, estou deveras preocupado com o assassinato ocorrido hoje. Posso contar com tua ajuda para trabalharmos nesse caso também?

Sílvio ficou pensativo e não muito confortável com o pedido de Jahol, mas refletiu e entendeu que era um importante trabalho de jornalismo investigativo. Então respondeu:

– Ok, Jahol. Pode contar comigo.

– Obrigado. Penso que vamos ter que realizar uma investigação paralela e, se possível, auxiliaremos a polícia nesse mistério – disse, convicto, Jahol.

Jahol e Sílvio jantaram uma tradicional *a la minuta*. Tomavam um cafezinho quando de repente entraram no bar os estranhos do 606. Um deles pediu ao garçom o cardápio e, ao segurá-lo, Jahol percebeu que a mão do sujeito estava sangrando, com um enorme curativo cobrindo um possível ferimento. Desconfiado, Jahol cochichou para Sílvio avisá-lo pelo celular, assim que os indivíduos terminassem o jantar. Ato contínuo, Jahol se levantou, saiu do estabelecimento e foi até o apartamento 606. Usando uma chave micha para abrir a porta sem precisar arrombá-la, entrou no apartamento e descobriu aquilo que seus instintos já avisavam, pois dentro do imóvel havia uma série de objetos de cunho religioso e outros documentos suspeitos. Depois de uma rápida inspeção, Jahol observou alguns esboços que detalhavam planos para explodir os visitantes alienígenas quando chegassem à cidade. Estarrecido, Jahol viu vários exemplares de um livro que pregava os fundamentos da seita Triângulo Supremo, conhecida como uma das mais fanáticas em atividade e também marcada pelos atos cruéis que empregavam contra seus possíveis inimigos. A seita teve origem no México, mas tinha ramificações em vários países de todos os continentes. Os fanáticos pregavam conceitos filosóficos e bíblicos distorcidos, sendo que se utilizavam da célebre frase de Maquiavel "os fins justificam os meios" para defenderem o triângulo "o Homem, a Vida e a Morte", em que pregavam que o mal poderia ser necessário para atingir um bem maior em nome dos ideais defendidos por eles, inclusive alguns membros cometiam até ataques suicidas. Seus seguidores eram responsáveis por vários atentados terroristas e tinham considerável número de adeptos, com uma estrutura organizacional robusta e altos recursos financeiros oriundos de inúmeros roubos a bancos e carros fortes; de joias, obras de arte, etc.

Jahol estava concentrado no que acabara de descobrir, quando levou um susto com o toque de seu celular:

– Jahol, acabaram de jantar e estão pagando a conta.

– Ok, Sílvio! Me espera no bar, estou indo.

Ainda deu tempo de Jahol tirar algumas fotos dos artigos que estavam no recinto.

O inglês chamou o elevador para descer e, quando abriu a porta, os estranhos estavam saindo. Jahol os cumprimentou, mas eles não retribuíram o gesto de gentileza e passaram grosseiramente por ele.

Ao encontrar Sílvio no bar, Jahol lhe contou tudo que acabara de descobrir. Depois foram à Delegacia de Polícia para informar às autoridades sobre a ameaça terrorista.

No dia seguinte, às 6 horas, a polícia cumpriu um mandado de busca e apreensão no apartamento 606. Jahol acompanhou de perto o trabalho da equipe de investigação. O policial mais forte do grupo derrubou a porta com uma *pedalada* e dez agentes fortemente armados entraram no apartamento, anunciando: Polícia!

No entanto, para surpresa de todos, o imóvel estava vazio, sem qualquer dos documentos e objetos vistos por Jahol na noite anterior.

Após pesquisa, os agentes descobriram que o apartamento não estava alugado e havia sido invadido pelos suspeitos. Jahol avisou a Sílvio que trabalharia sozinho o resto do dia e pediu para encontrar-se com ele e Viviane no dia seguinte.

XI
DIA DE FOLGA

Sílvio, com o dia de folga dado por Jahol, resolveu fazer atividade física. Caminhou até o Parque da Redenção e correu aproximadamente cinco quilômetros. Durante a corrida, seus pensamentos voavam; tudo que acontecera recentemente o deixava cada vez mais reflexivo, pois era difícil assimilar tantos eventos extraordinários ao mesmo tempo. Ficara ainda mais preocupado com o fato de um grupo terrorista estar planejando um atentado na chegada dos *aliens*, como se a própria vinda desses seres já não fosse motivo de preocupação suficiente. Infelizmente, os seres humanos nem sempre tomam atitudes nobres ou de bom-senso. Exemplos no Brasil não faltavam, como a polarização política que tomava conta do país há décadas, pessoas deixando de manter contato com amigos e familiares por terem opinião diferente; povos indígenas sendo dizimados por garimpeiros, e poderosos inescrupulosos visando a ganhos financeiros sem qualquer cuidado com os direitos desses povos e com o meio ambiente.

Ora, se seres de uma mesma espécie já não conseguiam entender-se por intolerância, intransigência, ganância e preconceitos, como fariam para aceitarem a cultura e os costumes de outra espécie inteligente?

Tais questionamentos não saíam da cabeça de Sílvio e de tantas outras pessoas mais sensíveis que procuravam viver pacificamente, com respeito e empatia pelo próximo.

Depois da corrida, Sílvio chegou em casa. Sua mãe preparara as panquecas que ele tanto adorava, e comeu com gosto; após a refeição, tirou um cochilo. Ao adormecer, teve um sonho com Viviane, em que estavam observando o pôr do sol, e ela olhava para ele como quem esperasse alguma coisa diferente.

Ao acordar, lamentou que nem em sonho conseguia declarar-se. Quanto mais ele tentava se encorajar, mais distante ficava desse momento, pois também Viviane não lhe dava qualquer esperança nesse sentido. Entretanto, em razão de tudo que estava ocorrendo nos últimos dias, num momento de pura determinação, Sílvio resolveu enviar uma mensagem para Viviane, convidando-a para caminhar na Usina do Gasômetro no final da tarde. Para sua imensa alegria, ela respondeu que sim e que, inclusive, estava querendo conversar com ele.

Assim sendo, marcaram de se encontrar na frente do condomínio às 17 horas. Ansioso, Sílvio chegou dez minutos adiantado, e Viviane chegou um minuto antes do combinado, radiante, com a simpatia que lhe era peculiar. Estava bem à vontade com roupas mais leves para a prática de exercícios.

– Oi, Sílvio! Vamos lá?

– Vamos! – respondeu ele meio sem jeito.

Os dois foram caminhando pela Gen. Lima e Silva até a avenida Loureiro da Silva, passaram em frente ao Colégio Parobé, pelo Chocolatão (como é conhecido o prédio da Receita Federal), pela Câmara dos Vereadores e, em seguida, chegaram até o Gasômetro. Caminharam pela Orla do Guaíba, onde havia muitas pessoas fazendo atividade física ou passeando. No trajeto, conversaram principalmente sobre Jahol e tudo que envolvia a chegada dos alienígenas. Então Sílvio questionou:

– Viviane, o que mais você estava querendo conversar?

– Sílvio, estou com medo dessa ameaça terrorista. Não acha que nosso trabalho com Jahol pode nos colocar em perigo?

– Olha, Viviane, acredito que agora corremos um certo risco, sim, mas confio que a polícia vai conseguir prender esses criminosos.

– Pois é, acho que nunca passei por algo parecido. Minha vida sempre foi tranquila e pacata, sempre evitei entrar em confusão.

– É claro! Sei bem, tal qual você sabe que a minha vida também é assim, às vezes calma até demais – disse Sílvio, fazendo uma cara engraçada.

Os dois riram e seguiram caminhando até o Pontal da Orla do Guaíba, pois Viviane, como sempre, queria ver o pôr do sol.

Já eram quase 18 horas, e o sol começava a dar seu *show*. O pôr do sol na Usina do Gasômetro é considerado por muitos um dos mais belos do país. Viviane olhou para Sílvio e revelou:

– Pensando nos últimos acontecimentos, fiz uma poesia ontem. Posso te mostrar?

– Claro! – concordou Sílvio, eufórico.

Ela logo pegou seu celular e o passou para Sílvio ler o poema; no entanto, ele a interpelou, dizendo:

– Por favor, prefiro que você leia; quero ter a honra de ouvir na voz da autora.

Viviane, um tanto envergonhada, fez sinal de positivo com a cabeça e começou sua leitura:

– Bem... aqui vai...

Diga-me o que se esconde
Muito além do horizonte
Onde tudo é infinito
Transformo perguntas em grito
Mas meu eco não responde

Diga-me o que acontece
Logo após minha visão
Pois só enxergo a emoção
Com que o mundo adormece

Diga-me o que ocorre
Muito depois do Universo
Pois pensamento é um verso
E o meu sentimento não morre

Diga-me o que existe
Quando se ultrapassa o limite
Da própria imaginação
Onde os deuses são viajantes
Onde tudo é uma canção
Muito além dos horizontes

Sílvio ficara visivelmente emocionado com a sensibilidade de Viviane.

– Gostou, Sílvio? Chamei o poema de "Muito Além dos Horizontes".

Sílvio, ainda tentando se recompor da carga emocional recebida, disse:

– Sim, muito lindo! Adorei mesmo.

Nesse momento, como ocorrera no sonho, Viviane ficou olhando Sílvio como quem esperasse que ele lhe dissesse algo mais. Sílvio, por conseguinte, ainda extremamente tímido, foi tentando ganhar coragem para se declarar a ela. Ficou no limite, entre a razão e a emoção; mas, subitamente, sentiu alguém tocar em seu ombro. Era Neco, que, sem saber das intenções de Sílvio, acabara prejudicando o amigo naquele momento único.

– E aí, Sílvio! – falou Neco.

– Oi, Neco! Lembra da Viviane?

– É claro! – exclamou Neco gentilmente, apertando a mão dela. – Vieram ver o sol se pôr?

– Sim, aproveitamos para darmos uma caminhada e conversarmos um pouco – disse Sílvio com um tom mais baixo do que de costume.

Neco, como conhecia Sílvio há muito tempo, percebeu pelo seu tom de voz que talvez estivesse sendo inoportuno e tratou de tentar remendar o que, possivelmente, havia interrompido.

– Tenho que ir; vou terminar minha corrida. Amanhã nos vemos no futebol?

– Sem dúvida, Neco.

Neco deu um abraço em Sílvio, um beijo no rosto de Viviane e seguiu correndo pela orla. Em seguida, Sílvio e Viviane retomaram os olhares; o céu estava lindo, num tom alaranjado espetacular. Nesse momento, o celular de Viviane toca, e ela atende; sua mãe estava preocupada e precisava da ajuda dela para terminar algumas tarefas domésticas. Sendo assim, chamaram um transporte por aplicativo e voltaram para o condomínio Estrela Cadente. Ao descer do elevador, Sílvio agradeceu:

– Obrigado. Nos vemos amanhã com Jahol?

– Eu que agradeço. Foi ótima a nossa caminhada. Nos vemos amanhã, sim. Boa noite.

– Boa noite – retribuiu.

Sílvio, em êxtase, entrou em seu apartamento flutuando, mas em dúvida se aquilo tudo era mais um sonho ou realidade. Pela primeira vez, desde que se apaixonara por Viviane, sentia ter alguma chance de conquistar o seu amor.

XII
A FORÇA TAREFA

No dia seguinte, ansioso para trabalhar com Jahol e reencontrar Viviane, Sílvio estava com sua autoestima mais elevada e esperançoso, mas ao mesmo tempo mantinha os pés no chão e tentava não criar tantas expectativas. Desceu para o restaurante e, chegando lá, encontrou Jahol, que estava sozinho.

– Como vai? Será que Viviane também vem? – perguntou, dando uma piscada de olho.

– Ela mandou uma mensagem. Disse que vai almoçar em casa e nos encontrar às 14 horas.

Um tanto quanto triste pela ausência de Viviane, Sílvio aproveitou para, durante o almoço, contar a Jahol a evolução que tivera no dia anterior. Como de costume, Jahol seguiu encorajando-o a declarar seus sentimentos a sua amada.

Às 14 horas, chegou Viviane, sorridente e simpática como sempre, e Jahol os atualizou sobre as informações que obtivera no dia anterior.

– Foi descoberta a identidade do homem assassinado; era um jornalista americano. Provavelmente, estava investigando as ações do Triângulo Supremo. A polícia desconfia que membros da seita sejam os responsáveis pelo crime.

Sílvio e Viviane ficaram pasmos, pois cada vez mais surgiam notícias surpreendentes. Jahol prosseguiu falando:

– A última imagem que a polícia encontrou do jornalista foi a dele entrando no hotel onde estava hospedado, mas não sabem se ele chegou a entrar ou sair do quarto, pois a câmera do corredor estava quebrada.

O clima de mistério, que já pairava pela espera dos seres espaciais, só aumentava com os acontecimentos que cercavam o assunto. A rede hoteleira de Porto Alegre e da região metropolitana estava superlotada, e muitos profissionais e curiosos de vários países seguiam locando imóveis da capital gaúcha e cidades próximas.

Sílvio e Viviane agora estavam cada vez mais envolvidos nesses fatos incomuns. Viviane, porém, sentiu que o trabalho podia se tornar perigoso e questionou:

– Jahol, você também vai querer investigar essa seita?

– Faz parte das minhas atribuições, Vivian. Fui enviado para cobrir a chegada dos alienígenas e qualquer outro assunto relacionado.

– Estou com um certo medo de me envolver e ter o mesmo destino do jornalista americano – desabafou Viviane.

– Entendo seu receio, Vivian. Porém não podemos nos omitir como profissionais. Inclusive para você, que é estudante de Jornalismo, esse trabalho pode abrir muitas portas e te ajudar no futuro. Mas o risco é real... Fique à vontade se quiser desistir – argumentou Jahol.

– Ok, rapazes, vou pensar e conversar com meus pais sobre esses riscos, mas por enquanto sigo com vocês – ponderou Viviane.

Sílvio, que estava muito confiante no dia anterior, ficou um pouco desanimado com a preocupação de Viviane, mesmo sabendo que ela tinha razão e estava sendo prudente.

– Qual o próximo passo, Jahol? – perguntou Sílvio.

— Hoje vamos buscar informações na polícia e talvez façamos nossas próprias diligências.

Os três, assim, foram ao Departamento de Investigações que cuidava do caso. Uma força-tarefa fora montada com policiais locais, da Polícia Federal e agentes da INTERPOL.

Ao chegarem no local, foram recebidos pelo Delegado responsável pelos trabalhos.

— Boa tarde, sou o Delegado Nelson Ribeiro. Primeiramente, gostaria de te agradecer, Jahol. As fotos que você tirou estão ajudando muito a entender os planos dos terroristas.

— De nada, Delegado. Fiz o possível, mas lamento não ter tido tempo de colher mais provas naquela noite.

— Tendo em vista o alto grau de periculosidade dos indivíduos, digo que você correu risco de vida. O material que você obteve nos revelou que Porto Alegre está extremamente ameaçada pelas intenções terroristas – disse o Delegado.

— Como assim, Delegado? – questionou Viviane, não contendo sua curiosidade.

— O assunto é ultrassecreto, mas devemos a vocês muito do que sabemos. O Triângulo Supremo planeja explodir os extraterrestres com armas de destruição em massa e, com isso, a cidade também corre risco de ser seriamente atingida, se não conseguirmos detê-los – revelou o Delegado.

Nesse momento, Sílvio e Viviane mais uma vez se entreolharam perplexos, visto que os episódios que se sucedem parecem surreais. Jahol, aparentemente mais tranquilo, questionou o Delegado:

— Sabem o potencial da bomba e o tipo que pretendem usar?

— Ainda não, Jahol, mas pelo que vimos nas fotos que você nos enviou, estão cogitando algo grande, talvez até uma bomba nuclear.

– Seria catastrófico um ataque dessa magnitude; poderia devastar a cidade e ceifar milhares de vidas inocentes – disse Jahol, demonstrando-se preocupado.

– Exatamente, Jahol. Esse grupo é conhecido também por executar suas ofensivas a qualquer custo, mesmo com a segurança reforçada. Por isso, todo cuidado é pouco. Eles têm várias células e muitas vezes traçam vários planos para cometerem os atentados terroristas. Essas células, inclusive, agem de forma independente, sendo que executaram esse *modus operandi* em atentados mais recentes. Via de regra, a ordem parte da cúpula, e as células elaboram seus próprios planos. Como são ataques simultâneos e independentes, as ações de repressão tornam-se difíceis, inclusive porque muitos dos membros são suicidas e, dificilmente, é possível capturar alguém vivo – relatou o Delegado.

Sílvio ficou triste. Ele, com sua personalidade altruísta, não conseguia conceber atos violentos praticados pelos seres humanos. Uma vez mais ficava provado o quanto será difícil a convivência pacífica com seres inteligentes de outro planeta.

Viviane também ficou ainda mais assustada, mas entendeu que tais fatos poderiam impulsionar a carreira de qualquer jornalista que conseguisse algum furo de reportagem, pois essas notícias estavam em alta e causando grande repercussão na mídia internacional.

XIII
O CTG

Após saírem do Departamento de Investigações, Jahol notou um certo abatimento em Sílvio e Viviane e decidiu tentar melhorar o clima. Dessa maneira, resolveu propor uma atividade mais descontraída.

– Depois de mais essas revelações sinistras, estamos precisando nos divertir um pouco. Qual a sugestão de vocês?

– Hoje vou no CTG. Que tal vocês irem comigo? – sugeriu Viviane.

– O que é isso? – perguntou Jahol.

Prontamente, Viviane explicou para Jahol:

– O CTG é a sigla de Centro de Tradições Gaúchas, instituição que há muitos anos cultiva os costumes e a cultura gaúcha. Lugar com danças folclóricas, músicas gauchescas, chimarrão e churrasco, onde são usadas roupas típicas, ou seja, os homens vestem a pilcha, e as mulheres os vestidos de prenda.

– Mas não temos pilcha! – constatou Sílvio.

– Lá tem uma loja que aluga – tranquilizou Viviane.

– Ok! Fiquei curioso para conhecer esse lugar típico da região de vocês – comentou Jahol, sorridente.

Marcaram de se encontrar às 20 horas no CTG, que ficava no Parque Harmonia. Viviane também explicou para Jahol que o Parque Harmonia era conhecido por receber vários piquetes na Semana Farroupilha. Contudo, Jahol quis saber mais:

– E o que é essa Semana Farroupilha?

Viviane, orgulhosamente, seguiu explicando:

– Jahol, essa é a semana em que os gaúchos celebram a Revolução Farroupilha. A Revolução Farroupilha, por sua vez, foi um movimento histórico que se iniciou em 20 de setembro de 1835, também conhecido como Guerra dos Farrapos, em que o Rio Grande do Sul reivindicava melhores condições financeiras ao governo imperial da época.

Antes de ir ao CTG, Sílvio foi jogar futebol com os colegas do trabalho. Ele e o Neco conversaram sobre os acontecimentos envolvendo a chegada dos ETs, mas Sílvio não lhe pôde contar os fatos considerados sigilosos do possível ataque terrorista. Neco não sabia do interesse de Sílvio por Viviane, pois Sílvio, antes de contar para Jahol, sempre manteve em segredo esse sentimento. Neco tinha dificuldade de entender os relacionamentos, pois nunca tivera uma namorada e não mostrava interesse em qualquer tipo de envolvimento. Na verdade, ele era tido como um *nerd*, visto que vivia em função de computadores, *games* e vários outros elementos da cultura *geek*. Inclusive, Neco tinha paixão por uma personagem de *anime*, coisa que Sílvio não conseguia entender e achava muito estranho tal comportamento do amigo. Neco sabia que seu sentimento era classificado como fictossexualidade, mas ele usava sua própria expressão para definir o que sentia, dizia estar *animeixonado* pela personagem.

Após o futebol, Sílvio foi para o CTG encontrar Jahol e Viviane; estava ansioso; afinal de contas, era mais uma oportunidade de ver Viviane e, quiçá, realizar seu sonho romântico com ela. Estava um tanto atrasado; já eram quase 21 horas quando chegou, passou no bolicho e disse que queria alugar uma pilcha.

Depois de estar devidamente caracterizado, entrou no salão do CTG. O baile já estava movimentado, com vários casais dançando música tradicionalista. Ficou procurando por Jahol e Viviane e, quando olhou para o meio do salão, viu aquele homem magro e alto dançando suavemente com uma bela prenda, eram Jahol e Viviane. Sílvio, boquiaberto e com muito ciúme, ficou mais impressionado ainda ao ver Jahol dançando como se tivesse anos de prática. Viviane já era frequentadora dos bailes e dançarina experiente, mas jamais imaginou ver aquela cena surreal de Jahol com ela, deslizando como um bailarino.

Diante desse cenário, Sílvio não tinha o que fazer e ficou observando os dois dançando. Viviane estava deslumbrante e ficara ainda mais bela usando aquele vestido de prenda. Jahol lembrava um lorde inglês nos bailes medievais, tamanha a elegância. Não restava dúvida que formavam um belo casal, e isso incomodava Sílvio. Após dançarem algumas músicas, Jahol e Viviane fizeram uma pausa e vieram conversar com Sílvio.

— *Hello*, Sílvio! — disse Jahol com sua gentileza peculiar.

Viviane também chegou cumprimentando e beijando seu rosto.

— Oi, Jahol. Não sabia que você dançava tão bem — elogiou Sílvio.

— Pois é... Vivian me ensinou depois que chegamos. Acho que consegui entender como funciona — disse Jahol, como se dançar pudesse ser aprendido num simples guia prático.

Viviane também elogia:

— Nossa, fiquei surpresa! Ele aprendeu muito rápido.

Jahol, notando que Sílvio estava meio sem jeito, resolveu dar aquele empurrãozinho:

— Agora é você, Sílvio! Vai dançar com a Vivian... Quero ver o teu talento.

Sílvio e Viviane começaram a dançar. Ele, meio enferrujado por não ter o hábito, logo conseguiu se soltar e foi conduzido por ela. Viviane, além de se movimentar com maestria, era generosa e auxiliava os passos de seu par.

Sílvio se sentia muito bem, já que estar naquele ambiente tão acolhedor, dançando com sua amada, era um prazer imenso. Nesse ambiente tão favorável, ele ficou admirando a beleza e os olhos azuis de Viviane; o perfume dela exalava, e ele se sentia num campo repleto de flores.

A banda Tchê Encantei era um dos melhores grupos de músicas gaúchas e tocava uma de suas canções de maior sucesso:

Quando sopra o minuano
Nas coxilhas nativistas
Vento forte provinciano
Testemunha de conquistas

É o gaúcho tradição
CTGs e encilhadas
De bombacha e chimarrão
Peleando em cavalgadas

Este é o meu Rio Grande
Grande amigo e companheiro
Sou gaúcho, sou da terra, sou campeiro
Este é o meu Rio Grande
Tem na forma um coração
Meu estado, minha gente, minha canção

Quando toca o violão
Animando a gauchada
Prendas lindas no salão
Encantando a peonada

É o Pampa um coração
Terra fértil de amor
Vida e luz dessa nação
Povo unido e de valor

Este é o meu Rio Grande
Grande amigo e companheiro
Sou gaúcho, sou da terra, sou campeiro
Este é o meu Rio Grande
Tem na forma um coração
Meu estado, minha gente, minha canção

E segue o baile!
 Os três dançaram por mais de duas horas, deram muitas risadas e conseguiram esquecer por ora os fatos marcantes que estavam em evidência na capital dos gaúchos.

XIV
NOVAS SURPRESAS

Depois da agradável noite passada no CTG, Sílvio e Jahol combinaram retomar os trabalhos após o almoço do dia seguinte.

Encontraram-se, como de costume, no bar da esquina, e Jahol avisou a Sílvio que iriam ao Departamento de Investigações para verem se havia alguma novidade em relação aos casos da ameaça terrorista e do assassinato do jornalista americano.

Chegando ao Departamento, foram novamente recebidos pelo atencioso Delegado Nelson.

– Boa tarde, senhores!

– Boa tarde! – disseram Sílvio e Jahol.

– Alguma novidade? – questionou Jahol.

– Sim, desvendamos o que aconteceu com o jornalista americano, e tudo nos leva a crer que foi obra do Triângulo. Descobrimos que o jornalista foi retirado do hotel de helicóptero pelos criminosos, que chegaram pelo terraço do prédio, desceram as escadas até o quarto e o raptaram.

– Mas como ele foi morto, Delegado? – perguntou Sílvio, apreensivo.

– Pelas imagens que obtivemos, eles estavam em dois helicópteros. Assim, jogaram o jornalista nas hélices desse segundo helicóptero, o que explica o corpo esquartejado com pedaços espalhados pelo bairro.

Após a explicação, o Delegado disse que era tudo o que tinham até o momento e que ainda não haviam localizado nenhum suspeito ligado ao caso. Jahol agradeceu e se colocou à disposição para ajudar no que fosse preciso.

Dois dias se passaram, e a polícia descobriu o paradeiro de alguns membros do Triângulo Supremo, mas os fanáticos se suicidaram antes de serem presos.

Sílvio continuava questionando se a humanidade estaria preparada para conviver com seres inteligentes de outro planeta, pois, todos os dias, os jornais noticiavam crimes de racismo, brigas de trânsito e muitos outros delitos relacionados com intolerância e o preconceito.

Ele percebia que em meio a mais de 10 bilhões de habitantes no planeta Terra, sempre havia um percentual considerável de pessoas que não entendiam que viver em sociedade é, sobretudo, respeitar o próximo, o meio ambiente e os direitos fundamentais conquistados ao longo dos séculos. Sílvio acreditava que a liberdade de expressão e a democracia são imprescindíveis, desde que não ofendam e tragam danos morais ou materiais a terceiros.

Jahol, Sílvio e Viviane continuavam os trabalhos jornalísticos e investigativos, cobrindo os preparativos para a chegada dos alienígenas na cidade e acompanhando de perto as questões relacionadas com a segurança do evento, em especial quanto aos possíveis atentados.

Naquela tarde, a Agência Espacial disse que faria um comunicado importante e que divulgaria nova mensagem dos estrangeiros em transmissão ao vivo.

Jahol chamou Sílvio e Viviane para acompanharem juntos o pronunciamento em seu apartamento.

Sentados em um confortável sofá, Jahol ligou a TV pelo comando de voz. Todos os canais interromperam a programação normal para fazer a cobertura de mais um tão esperado contato.

A sede da Agência Espacial estava repleta de jornalistas e autoridades, quando chegou o porta-voz da Agência para anunciar a nova mensagem recebida:

> Povo da Terra, faltam nove dias para nossa chegada à cidade de Porto Alegre. Reafirmamos que estamos vindo em missão de paz, fiquem tranquilos e sem qualquer preocupação, mas também entenderemos os cuidados de vocês com a segurança e seguiremos os protocolos estabelecidos. Nossa previsão é aterrissarmos nossa comitiva no local conhecido como Usina do Gasômetro. Até breve.

Sílvio e Viviane se entreolharam surpresos. Viviane então comentou:

– Adorei o lugar escolhido por eles; é o nosso cartão postal.

– Também gostei. É um lugar bonito, bem conhecido e é perto daqui – disse Sílvio.

Jahol olhou sorridente para os dois, não parecendo estar surpreso, e nada disse.

A Usina do Gasômetro era uma antiga termelétrica inaugurada em 1928, sendo que o complexo arquitetônico recebera esse nome devido à proximidade com a antiga Usina de Gás de Hidrogênio Carbonado, que fornecia gás destinado à iluminação pública e abastecimento de fogões. Construída em 1874, dava nome à região que era conhecida como "a volta do Gasômetro". Em 1974, teve suas atividades encerradas e, posteriormente, o prédio foi tombado pela prefeitura. Em 1991, foi aberto à população como um centro cultural com 18 mil metros quadrados de área, contemplando auditórios, salas multiúso, anfiteatros, espaços para exposições, cinema, teatro e, na parte externa, o Bar do Gasômetro, coincidentemente em formato redondo, lembrando um disco voador.

O local sempre recebera eventos com grande capacidade de público, como a festa de *Réveillon*, mas agora receberia um dos maiores eventos da história.

Jahol pediu para tirarem a tarde na Usina do Gasômetro, para que ele conhecesse melhor o lugar, antes que o local fosse isolado pelas forças de segurança.

Quando estavam saindo da Usina, Jahol reconheceu um dos estranhos do 606 também saindo do local e dirigindo-se à calçada, como se estivesse esperando alguém vir buscá-lo. Diante disso, Jahol acionou o controle do carro, que foi até eles automaticamente, e entrou no veículo junto com Sílvio e Viviane. Dessa vez, Jahol assumiu o volante, o que causou estranheza em Sílvio, que logo perguntou:

– O que aconteceu, Jahol?

– Olhem aquele homem ali na calçada... É um dos estranhos do 606. Vamos esperar um pouco e ver se descobrimos algo.

Sílvio e Viviane não conseguiram disfarçar o medo que sentiram de se envolverem com indivíduos tão perigosos, mas decidiram seguir em frente e ajudar Jahol.

Ficaram esperando pouco menos de dois minutos, quando viram o estranho entrar numa *van* que se deslocou em direção ao Centro Histórico. Jahol seguiu o carro com cuidado, mantendo uma certa distância. A *van* parou na Gen. Câmara, e o estranho do 606 entrou num prédio onde era comum ter imóveis abandonados, o que sugeria que os membros da seita teriam invadido outro apartamento para servir como base operacional.

Jahol, portanto, resolveu entrar no prédio atrás de mais informações e pediu a Sílvio que ligasse para o celular do Delegado Nelson. Sílvio tentou, mas o Delegado não atendeu. Jahol entrou no edifício, enquanto Sílvio e Viviane, muito apreensivos, ficaram no carro esperando. De súbito, eles viram Jahol sair correndo do prédio, perseguido por três homens armados com metralhadoras. Ouviram-se tiros... Jahol fora atingido por vários disparos.

Viviane, chorando, ficou paralisada. Sílvio manteve-se calmo e viu os bandidos fugindo na mesma *van* de antes. Sem perder tempo, foi até Jahol, que estava agonizando. Sílvio observou que ele tinha vários ferimentos, porém não estava sangrando. Esse detalhe fez com que ficasse em dúvida sobre o tipo de munição que atingira o inglês. De imediato, Sílvio decidiu carregar o amigo até o carro e levá-lo ao Hospital de Pronto Socorro, também conhecido como HPS.

A caminho do hospital, Jahol perguntou:

– Sílvio, aonde você está indo?

– Vou te levar para o hospital – respondeu.

– Por favor, Sílvio, não faça isso. Leve-me para o local indicado no meu celular.

Viviane pegou o celular, e Sílvio começou a seguir o aplicativo que indicava outro local, julgando tratar-se de alguma clínica com que Jahol tivesse convênio ou algum atendimento médico diferenciado. Todavia, quando se deram conta, estavam dentro do Cais Mauá, um porto fluvial de Porto Alegre.

Jahol pediu para Sílvio estacionar em frente ao penúltimo armazém. Desceram do carro. Sílvio e Viviane ajudaram Jahol a caminhar até a entrada do armazém, onde havia uma placa indicando: "Local Reservado – Mantenha Distância". Jahol, com um pequeno controle, abriu o portão. No interior do depósito, coberto por uma lona, estava um veículo coberto que lembra uma embarcação, talvez um iate.

Jahol utilizou novamente o controle e acionou um motor no teto, que, através de cabos de aço, recolheu a lona. Nesse momento, Sílvio e Viviane testemunharam mais um acontecimento insólito, pois estavam diante do que parecia ser uma nave espacial.

– Por favor, não se assustem, vou explicar tudo para vocês. Apenas me ajudem a entrar na nave – disse Jahol, ofegante.

Os três entraram no bonito veículo de cor cromada, e Jahol abriu uma cápsula. Sílvio e Viviane o ajudaram a deitar-se. Enquanto ele repousava, resolveu explicar sua origem:

– Bem, meus queridos, não queria assustar vocês, mas chegou o momento de contar-lhes a verdade. Sou do planeta Triluni, que tem esse nome porque realmente possui três luas. Também sou do mesmo povo que está vindo para Porto Alegre, mas eu vim antes para verificar alguns pontos importantes de segurança. Esta nave é menor e mais rápida e consegue viajar em menor tempo do que a que está vindo à Terra. Fui escolhido para esta missão devido a minha peculiar condição de regeneração. Como podem ver, mesmo tendo sido atingido por vários disparos de armamento pesado, já estou bem e em pouco tempo estarei em minha condição normal. Sou um dos poucos sobreviventes de um experimento que buscava tratar doentes terminais com uma substância rara retirada de um cometa. Essa substância foi combinada com uso de células criadas por nanotecnologia. Isso deixou meu corpo mais resistente e mais forte, possibilitando viajar neste veículo de ultravelocidade.

– Nossa, Jahol, você é um super-herói! – disse Sílvio, eufórico.

– Nem tanto, Sílvio. Sou considerado um agente secreto nesta missão superespecial – ponderou Jahol.

– E agora, Jahol, o que você pretende fazer? – questionou Viviane.

– Agora vou repousar para ficar cem por cento recuperado. Nesta noite, vou dormir na cápsula, porque isso vai ajudar minha regeneração. Peço para vocês irem às suas residências. Vou ficar bem; amanhã conversaremos mais. E, por favor, guardem sigilo absoluto sobre a minha origem; isso é de suma importância para evitar a desconfiança da opinião pública.

Sílvio e Viviane saíram da nave e voltaram para o carro; Sílvio pediu para Viviane dirigir. No caminho de volta até o condomínio Estrela Cadente, seguiram conversando sobre mais essa fantástica descoberta.

XV
PERGUNTAS AO ALIENÍGENA

No dia seguinte, logo cedo pela manhã, Sílvio despertou com seu celular tocando e viu que era Jahol.
— Bom dia, Sílvio! Aceita tomar o café da manhã comigo?
— Bom dia, Jahol! Vou me arrumar e me encontro contigo no bar.

Sílvio desceu até o bar da esquina, e Jahol estava sentado à mesa. Aparentava estar totalmente recuperado do incidente do dia anterior.

— Oi, Jahol! Vejo que você está melhor. Ficamos preocupados ontem. Ainda estamos tentando assimilar mais essa revelação. É impressionante tudo isso que está ocorrendo nos últimos dias.

— Pois é, Sílvio! Essa revelação também não estava em meus planos, por estar numa missão confidencial. Por outro lado, muito me alivia que vocês saibam a verdade, pois sou muito grato por tudo, principalmente pela companhia de vocês. Não estava sendo fácil a solidão que senti durante esse tempo, desde que decolei de Triluni.

— Jahol, qual o objetivo de vocês em virem para a Terra?

— Não sei ao certo quais são todos os objetivos, pois muitas questões ficam reservadas ao alto-escalão. Entretanto, me garantiram que é uma visita para fins pacíficos, visando à cooperação entre os povos.

— Mas você acha que nosso povo está preparado para receber vocês? Veja quantos problemas de racismo, preconceito e intolerância existem aqui entre membros de nossa própria espécie. Essa seita religiosa, Triângulo Supremo, é um exemplo de como os humanos podem ser cruéis e perigosos – ponderou Sílvio.

– Também temos essa mesma preocupação. Nosso povo é pacífico, mas já tivemos alguns problemas semelhantes em nosso planeta. Nossa sociedade, porém, está bem evoluída nesse sentido.

– Falando em religião, já conseguiram provar a existência de Deus?

– Em Triluni, temos liberdade de crenças como vocês, muitos acreditam em Deus, os cidadãos podem ter a religião que entenderem melhor, desde que essa religião respeite as outras opiniões e não pregue qualquer tipo de violência. A maioria segue a corrente probabilística, a que acredita que o milagre da vida torna provável a existência de Deus. Dessa forma, não se trata de fé cega, mas, sim, de uma fé condicionada pela lógica.

– E vocês têm guerras entre países, como acontece aqui?

– Num passado distante, tivemos muitas, e elas quase destruíram nosso mundo. No entanto, criou-se um Conselho de Paz que trabalhou intensivamente na adoção de princípios e garantias legais que impedem qualquer ato nocivo contra a vida e a dignidade de cidadãos inocentes.

– Você já deve ter visto que ainda temos muita desigualdade, desemprego, fome e miséria aqui no Brasil e em quase todos os países. Como é essa questão social em Triluni?

– Nossa sociedade é próspera. Nós conseguimos erradicar a pobreza, a fome e a miséria, graças, especialmente, aos nossos programas sociais. Nossa tecnologia avançada e nossa legislação também contribuíram para alcançarmos um equilíbrio social. Contudo, em razão da superpopulação do planeta, ainda temos dificuldades, pois é muito difícil abastecer todos. Nas últimas décadas, temos intensificado as campanhas de conscientização para que o número de habitantes seja sustentável e, em breve, melhoraremos nesse ponto também.

– Lá tem desigualdade ou diferença entre classes sociais?

– Sim, tem diferença de classes, mas a desigualdade é bem menor. O rico lá não é tão rico, e não há pobreza.

– Há divisão por países e povos com raças e culturas diferentes como aqui?

– Nosso planeta tem nove continentes governados por ministros escolhidos pelos Aclamados, que é um conselho de pessoas com grande conhecimento e conduta ilibada, responsáveis pelas leis que regem Triluni. Nesses nove continentes, temos espécies, raças, culturas e dialetos diferentes, mas todos falam a língua oficial, o que facilita muito a integração entre os continentes. Temos aparências distintas, porém na hora certa contarei mais sobre a nossa morfologia. Meu corpo foi transformado para ficar parecido com vocês.

– Nossa! Que incrível! Como isso é possível?

– Como as células do meu corpo são combinadas com nanotecnologia, é possível recombiná-las, usando a cápsula da nave, que também serve como um tipo de impressora 3D.

– E você volta ao normal?

– Sim! Basta tomar um comprimido, para meu corpo e minha aparência voltarem ao normal.

Sílvio estava fascinado pela história de Jahol, porém se deu conta de que, possivelmente, fosse o primeiro terráqueo a entrevistar um extraterrestre. Lembrou que essa era uma tarefa que deveria ser feita pela sua amada Viviane, futura jornalista. À vista disso, comentou:

– Puxa, Jahol, estou meio que te entrevistando, e isso era coisa para ser feita pela Viviane. Me desculpe, não era minha intenção, mas certamente qualquer pessoa gostaria de conversar com alguém de outro planeta e fazer essas perguntas, pois são curiosidades superinteressantes.

– Sem problema, Sílvio. Você tem sido um bom amigo, e no momento certo posso dar uma entrevista exclusiva a Vivian. Falando nela e mudando um pouco de assunto, como estão as coisas entre vocês?

– Não sei bem, Jahol. Aquele dia, no CTG, me deu vontade de me declarar para ela, mas a noite estava tão boa, que fiquei com medo de estragar. Ela já te disse alguma coisa a meu respeito?

– Sempre diz que gosta muito de ti, mas ela não se abre facilmente. Acho que já teve algumas decepções amorosas e agora não está tão receptiva a novos relacionamentos. Você está sendo um cavalheiro com ela e, sem dúvida, pode conquistá-la.

– Obrigado, Jahol. Você também está sendo um amigo espacial – brincou Sílvio, usando um trocadilho.

– Ok! Vamos trabalhar um pouco?

– É claro! O que vamos fazer hoje?

– Vamos neutralizar os terroristas! – falou Jahol, confiante.

XVI
CAÇADA AOS TERRORISTAS

Então, foram até o carro. Jahol foi dirigindo e parecia resoluto em acabar com as ameaças da organização criminosa.

– Aonde vamos? – questionou Sílvio.

– Vamos nos encontrar com o Delegado Nelson e sua equipe. Em seguida, daremos uma batida no novo esconderijo dos membros do Triângulo.

– Como descobriram onde fica?

– Ontem, enquanto eles fugiam, coloquei num deles um nano rastreador que disparei do meu corpo biossintético. Logo cedo, liguei para o Delegado, e combinamos de dar a batida ainda pela manhã.

– Vamos levar Viviane também?

– Não, é muito perigoso. E você também vai esperar no carro enquanto agimos.

– Sabe, Jahol, meu pai era policial e morreu capturando bandidos. Todos o consideram um herói. Por isso, se você deixar, gostaria de participar da operação.

– Não é prudente, já que você não tem o treinamento adequado. Nunca pensou em ser policial como foi o teu pai?

– Sempre tive vontade, mas minha mãe pediu para não ser. Ela disse que não suportaria o risco de perder o filho da mesma forma como perdeu o marido. Não quis deixá-la preocupada.

— Temos que concordar que ela tem razão, e que você foi um bom filho ao entendê-la. Por isso, nada de se expor, Sr. Sílvio.

— Ah, mas não tenho medo! Estou ao lado de um agente secreto do espaço – brincou Sílvio.

Jahol franziu as sobrancelhas e riu.

Rapidamente, chegaram à rua Vinte de Setembro, onde os policiais já estavam a postos, aguardando o início da operação. O prédio que abrigava os terroristas era na avenida Azenha, local onde havia várias lojas de móveis, sendo que a rua Vinte de Setembro ficava situada atrás da avenida.

Os policiais e Jahol entraram pelos fundos de uma dessas lojas de móveis, já que o imóvel dos criminosos era acima da loja. O dono do comércio estava ciente e disposto a cooperar com a polícia. Sílvio não segurou a ansiedade, saiu do carro e foi seguindo os agentes, sorrateiramente, a uma certa distância, ficando parado à porta principal da loja, aguardando o desfecho da batida.

Os agentes subiram, silenciosamente, as escadas até o segundo andar e invadiram o covil dos fanáticos.

— Polícia! Mãos ao alto! – gritou o Delegado Nelson.

Um dos fanáticos reagiu, atirando nos policiais, que, imediatamente, revidaram, matando o suspeito. Ato contínuo, outros dois fizeram mão de um pequeno frasco e tomaram um líquido venenoso, cometendo suicídio. Um quarto elemento se jogou pela janela e caiu em frente a Sílvio, que esperava na porta da loja, mas como o apartamento era no segundo andar, não se feriu na queda. Sílvio, de imediato, o reconheceu; era um dos estranhos do 606, que sem dificuldade se levantou e saiu correndo pela rua. Num impulso, Sílvio também saiu correndo atrás do estranho. Como tinha resistência e velocidade por causa das corridas e do futebol, facilmente Sílvio o alcançou, e os dois entraram em luta corporal. Os transeuntes ficaram assustados e não interferiram na briga. O estranho, alto e robusto, desferiu um forte soco em direção ao rosto de Sílvio, que conseguiu se desviar, sendo atingido de raspão. Diante disso, Sílvio utilizou seu ponto forte e, com suas musculosas pernas, deu um *chutaço* na região genital do indivíduo, que arriou de tanta dor. Como estava praticamente rendido, o estranho tirou do bolso o frasco com o tal líquido venenoso para se matar, quando surgiu Jahol, agarrando firmemente seu braço e impedindo-o de beber o líquido. Desesperado, o estranho começou a dar socos em Jahol com o outro braço. Jahol olhou para ele fixamente, sem sentir o impacto dos socos devido a sua fantástica condição física. Nisso surgiu um brilho na outra mão de Jahol, que jogou na cara do estranho um pó prateado, fazendo-o desmaiar. Mesmo sendo o estranho forte e pesado, Jahol mostrou ter uma força descomunal, carregando-o facilmente nos ombros.

O Delegado Nelson e os demais policiais chegaram.

– Está vivo ou morto? – perguntou o Delegado.

– Vivo. Ele apenas desmaiou – respondeu Jahol. Os policiais vibraram como se comemorassem um gol em uma partida de futebol.

– Agradeça a coragem do meu amigo Sílvio, pois foi ele quem alcançou e deteve o bandido. Quando cheguei, só precisei botá-lo para dormir.

XVII
INTERROGATÓRIO

Os policiais cercaram Sílvio e foram se revezando para cumprimentá-lo pela façanha de ter ajudado na captura. Um dos policiais, mais simpático e veterano, ainda puxou assunto:

– Meus parabéns! Como você se chama?

– Obrigado! Meu nome é Sílvio Silver.

– Silver... Eu tive um colega com esse sobrenome, Sebastian Silver.

– Era meu pai.

– Então está explicado de onde vem essa valentia. Teu pai foi um herói. Mesmo passados vários anos, sempre é lembrado pelos colegas.

– Sem dúvida. Eu e minha mãe sentimos muito a falta dele. Mas meu pai deixou esta vida ajudando a sociedade e cumprindo seu dever de policial.

O estranho foi levado para as dependências do Departamento de Investigações. Tiveram todo o cuidado de preparar a cela de modo que ele não pudesse se suicidar, e o colocaram numa camisa de força, para evitar qualquer outra forma de tirar a própria vida. O estranho acordou algumas horas depois, e os carcereiros avisaram ao Delegado Nelson, que foi fazer o interrogatório do preso.

— Qual o teu nome? – disse firmemente o Delegado.

Entretanto, o estranho não disse nada, por mais que insistissem. Tentaram todas as técnicas policiais conhecidas, sem conseguirem uma só palavra do elemento.

No dia seguinte, Jahol, Sílvio e Viviane se encontraram após o almoço e foram até o Departamento de Investigações obter mais informações sobre o interrogatório.

Chegando lá, vários policiais lembraram-se de Sílvio e o cumprimentavam com satisfação, mostrando o reconhecimento pela proeza alcançada.

Viviane ficou surpresa:

— Nossa, Sílvio, você está famoso, *hein*!

Jahol, prestando atenção no comentário, complementou, demonstrando orgulho:

— Pois é! Viu só, Vivian? Nosso Sílvio está com moral!

Sílvio ficou contente com o sucesso repentino e, principalmente, por ter conquistado mais alguns pontos com Viviane. Os últimos dias foram tão sensacionais, que passaram muito rápido. Nesse instante, aparece o Delegado Nelson, convidando-os para ingressarem em sua sala.

— Como estão os meus agentes adjuntos? – brincou.

— Estamos bem, Delegado. E como está o suspeito? Conseguiram extrair alguma informação dele? – perguntou Jahol.

— Nada, Jahol. O sujeito é treinado para ficar quieto; prefere a morte a falar qualquer coisa.

— Permite-me tentar falar com ele? Quem sabe alguém de outro país, e que não seja policial, faça com que ele se sinta mais confortável e diga alguma coisa, não é mesmo?

— É claro! Nesse caso tudo é válido – disse o Delegado, demonstrando confiança em Jahol.

O Delegado chamou o carcereiro e pediu-lhe que conduzisse Jahol à cela onde estava preso o estranho. Jahol entra e o encontra contido em uma camisa de força e amarrado numa cama hospitalar. Estava sendo nutrido por soro, uma vez que se recusava a se alimentar.

– Acorde! – fala Jahol em voz baixa.

O estranho abre os olhos lentamente, olha para Jahol com cara de mau e responde, falando baixo também:

– Você é um deles. Sempre desconfiamos que já estavam aqui. Não vamos deixar vocês tomarem conta deste planeta. Vocês serão exterminados, invasores.

– Não sabe o que está falando; está delirando – diz Jahol, tentando não revelar sua identidade. Conte-me sobre o que vocês pretendem. Por que estão tirando conclusões precipitadas sobre as intenções dos visitantes?

– Serão exterminados. Este mundo é dos homens, e só os homens estão destinados a habitá-lo. Não serão bem-vindos aqui, aberrações.

– Quais os planos de vocês? Diga.

– Já te disse... Nossos planos são exterminar vocês, invasores.

– De que maneira? – indaga Jahol.

– De qualquer maneira. Somos muitos e temos vários planos para acabar com tua raça, aberração.

Jahol percebeu que estava perdendo tempo, e que o Triângulo Supremo era como uma hidra mitológica, que mesmo quando tinha uma cabeça cortada, outras nasciam em seu lugar.

Assim que Jahol saiu da cela, o Delegado Nelson, intrigado, o questionou:

– Muito bem, Jahol... O que você fez para ele falar alguma coisa?

– Nada demais, Delegado. O sujeito parece estar alucinado, mas deixou claros os objetivos da seita. Como eles têm muitas ramificações, darão muito trabalho às forças de segurança. Por favor, nos mantenha informados, caso ocorra algum fato novo.

Os dois trocaram um firme aperto de mão e se despediram. Jahol chamou Sílvio e Viviane, e os três foram para o carro. Jahol decidiu deixar Viviane escolher o roteiro:

– Vivian, hoje você vai escolher nossa programação. Diga, e nós obedeceremos.

– Ok! Quero voltar ao lugar mais inusitado onde já estive em toda a minha vida.

– Onde, Viviane? – perguntou Sílvio.

– Ora, na nave espacial!

XVIII
CAFÉ DA NAVE

O pedido de Viviane foi atendido por Jahol. Entraram no carro e seguiram rumo ao armazém no Cais Mauá. Antes de chegarem, ela pediu para passarem numa padaria, onde ela comprou várias guloseimas para fazer um café da tarde. Jahol e Sílvio só observavam, alegremente, os caprichos dela.

– Pronto, meninos! Hoje vamos ter um café na nave – disse com brilho nos lindos olhos azuis.

– Essa foi boa! Café na nave é ótimo! – falou Sílvio, contente.

Jahol sorria. Afinal de contas, não podia negar-lhes uma tarde de excêntrica felicidade.

A nave tinha um bom espaço interior e era equipada com mesa e cadeiras. Viviane, então, serviu o banquete com os produtos que trouxeram da padaria.

– Hum, esse bolo de chocolate está uma delícia! – diz Jahol saboreando.

– Esses sonhos também – complementou Sílvio.

Viviane também levou chocolate quente e café. Ela e Sílvio preferiram café, e Jahol, o chocolate quente. Aliás, Viviane observou que o extraterrestre adorava chocolate.

– Você gosta muito de chocolate, *hein*? No teu planeta não tem? – perguntou Viviane.

— Não, Vivian. Tem outros doces muito gostosos, mas o chocolate daqui é fantástico.

— O que mais vocês comem em Triluni? — perguntou Sílvio, aproveitando o assunto.

— Temos um cardápio diversificado também. Comemos carnes, vegetais, pães, cereais e muitas coisas parecidas com as da Terra. Nossas carnes são especiais, visto que temos um imenso rebanho de *chitrusque*, que é parecido com o gado de vocês, porém maior e peludo, e é criado em regiões de temperatura negativa.

— Hum, deve dar um bom churrasco! — salientou Sílvio.

— A piscicultura é um outro ponto forte em nossa gastronomia. Na verdade, temos uma grande variedade de cardápios com frutos do mar.

— Pois é, Jahol! Sílvio já me contou alguns detalhes sobre a civilização de vocês, mas ainda tenho muitas curiosidades. Posso te fazer mais perguntas?

— É claro, Vivian! Fique à vontade.

— Você fala português com sotaque inglês. Qual o motivo disso?

— Inglês foi a primeira língua de vocês que eu aprendi, pois ela tem muitas semelhanças com a nossa língua oficial. Quando cheguei à Terra, o primeiro país em que estive foi a Inglaterra e lá consegui aprimorar meu inglês.

— Você nos paga muito bem. Como consegue dinheiro? — indagou Viviane.

— Isso foi fácil, já que eu trouxe algumas barras de ouro de Triluni.

— E por que escolheram Porto Alegre?

— Não sei ao certo, Vivian. Essa escolha veio do alto escalão. Quando eu estava na Inglaterra, recebi o aviso de que seria aqui. Assim, vim observar a segurança e sugerir o lugar da chegada aos meus conterrâneos.

— Ah, então foi você quem escolheu a Usina do Gasômetro?! – admirou-se Viviane.

— Sim. É um lugar muito bonito, com grande espaço público, e isso facilita a segurança em vários aspectos.

— A que distância nós estamos de Triluni?

— Isso é relativo, pois usamos atalhos espaciais que encurtam a distância. No entanto, sem usarmos esses atalhos, seriam milhares de anos-luz. Tais atalhos seriam o que vocês chamam de "buracos de minhoca", sendo que é preciso alta tecnologia para abri-los. Dependendo do tamanho da nave, a viagem pode ser mais demorada.

— E vocês estão trazendo armamentos nessa expedição? – perguntou Viviane.

— Não sei te informar com certeza, pois são decisões do alto escalão. Sei que as naves são equipadas com poderosos mecanismos de defesa.

— Não quero parecer desconfiada, mas são receios que todos temos. Se vocês quiserem, essas armas podem destruir a Terra?

— Acho pouco provável, Vivian, visto que não são armas de destruição em massa.

— Mudando um pouco de assunto, como são os relacionamentos na cultura de vocês? Também formam casais? Há relação de monogamia? – indagou Viviane, curiosa.

— Sim. Nossa cultura tem casamentos e predomina a relação de monogamia. Um ou outro continente aceita a poligamia. É muito parecido com a cultura da Terra, parece ser um padrão dominante aqui ou em qualquer forma de vida, seja na Terra ou em Triluni.

— E você é casado, Jahol?

— Sim, Vivian. Minha amada esposa se chama Trix. Ela está vindo à Terra com os demais. Foi uma condição que coloquei para aceitar esta missão. Meus filhos ficaram; todos estudam e trabalham lá.

Jahol respondeu a sabatina a Viviane com paciência e serenidade, porém, resolveu fazer uma pergunta:

– Vivian, deixa eu te perguntar uma coisa. Não quero ser indiscreto, mas, falando em relacionamentos e em casais... você e Sílvio estão solteiros no momento, estou certo?

– Eu estou há pouco tempo, Jahol, tive uma decepção em meu último casamento. No momento, estou focada nos estudos e neste trabalho contigo. Mas quem sabe não aparece alguém interessante, romântico, educado e sensível, não é mesmo? Ou seja, um verdadeiro cavalheiro.

Sílvio ficou vermelho com o comentário de Viviane; ela percebeu e brincou com a situação:

– E você, Sílvio? Não precisa ficar vermelho. Nos conte um pouco sobre você também – diz Viviane sorridente.

Sílvio, desconcertado, tentou se recompor.

– Não tenho muito o que falar, pois sempre fui solteiro. Mas faço das tuas palavras as minhas. Também gostaria de conhecer uma pessoa romântica, educada e sensível.

Sílvio e Viviane se olharam. Pareciam flechados pelo cupido. Um clima de romance pairou no ar. Sílvio, como nunca antes, demonstrava acreditar que seu amor poderia ser correspondido. Jahol percebeu o momento e ficou feliz, mas repentinamente tocou seu celular.

– Alô!... Boa tarde, Delegado Nelson!... Ok! Estamos indo ao Departamento... Até logo!

– Vamos ao Departamento de Investigações agora! Surgiu um fato grave: a Prefeita de Porto Alegre foi sequestrada. – informou Jahol aos companheiros.

XIX
O RAPTO DA PREFEITA

Faltavam apenas sete dias para a chegada dos estrangeiros. Porto Alegre nunca estivera tão agitada. Forças de segurança enviadas pela ONU e pelos países com mais recursos não paravam de chegar. Um grande porta-aviões estava atracado no Guaíba, perto da Usina do Gasômetro, equipado com jatos e armas de última geração, no caso de um conflito inevitável.

Um forte esquema de segurança estava montado. Os agentes passaram a revistar constantemente quem chegasse à cidade, fosse por estradas, portos ou aeroportos. A base aérea de Canoas, cidade vizinha de Porto Alegre, foi a unidade militar escolhida para a chegada de recursos e de autoridades. Alguns presidentes resolveram vir pessoalmente, outras nações optaram por mandar um representante. Jatos, drones e helicópteros não paravam de sobrevoar a capital gaúcha, uma vez que realizavam treinamentos, visando a proteger a cidade. Outros países também reforçaram sua segurança interna, pois não se descartava a possibilidade de os alienígenas atacarem outros locais.

Não bastasse toda agitação provocada pela iminente chegada dos *aliens*, ainda havia grande preocupação com a seita de fanáticos Triângulo Supremo. Evidentemente, o risco de um ataque individual ou de outra organização criminosa não poderia ser descartado.

O ato criminoso mais recente foi o sequestro da Prefeita de Porto Alegre. Nenhum grupo havia assumido a autoria do crime. O Delegado Nelson ligou para Jahol, pedindo que comparecessem ao Departamento de Investigações. Ao chegarem, Jahol, Sílvio e Viviane ficaram impressionados com tantos policiais empenhados na elucidação desse grave atentado. O semblante dos agentes demonstrava que seriam horas de trabalho árduo e complexo, pois cada minuto poderia ser decisivo para que a Prefeita fosse resgatada com vida.

Os três aguardavam na sala de espera, quando, alguns minutos depois, foram chamados pelo Delegado.

– Boa tarde, pessoal. Entrem em meu gabinete, por favor.

– Boa tarde, Delegado. Em que podemos ajudar? – perguntou Jahol.

– Jahol, preciso da tua intuição neste caso da Prefeita. Você tem se mostrado um ótimo detetive. Qual é o teu palpite?

– Alguém já assumiu a autoria ou reivindicou algum resgate pela Prefeita?

– Ainda não.

– Meu palpite é o óbvio, Delegado. Creio que o Triângulo Supremo está por trás de mais este crime. É bem provável que vão exigir algo relacionado com a chegada dos visitantes.

– Essa seita está dando trabalho. Mesmo com todo o esquema de segurança montado, eles conseguem articular várias ações. A cidade está com muitas pessoas de fora para fazerem a cobertura do evento, e isso facilitou a entrada deles – lamentou o Delegado.

– O estranho detido disse algo?

– Nada, Jahol. Quer tentar conversar com ele novamente?

– Sim, gostaria.

Jahol então é levado à cela onde o fanático estava. Entrou, puxou uma cadeira e sentou-se bem próximo do rosto do estranho, que continuava amarrado na cama.

O estranho acordou e, com sua cara carrancuda, olhou para Jahol e falou:

– Você de novo, aberração?

– Para onde levaram a Prefeita? Fale.

– Deve estar morta – falou o estranho, impiedosamente.

– Mentira. Qual o plano de vocês?

– Você já sabe. Nosso plano é acabar com a tua raça.

– Onde ela está? Fale ou serei obrigado a te fazer falar.

– O que você vai fazer, aberração? Vai me torturar?

– Não é minha intenção, mas serei obrigado a usar um procedimento que pode te trazer algum efeito colateral.

– Cala essa boca, aberração! Não temos medo de vocês.

Diante da teimosia do estranho, Jahol utilizou, discretamente, a técnica vinda de seu corpo biossintético. Sua mão começou a brilhar, e ele jogou o mesmo pó prateado de antes no rosto do terrorista. Dessa vez o fanático não desmaiou, mas ficou em transe.

– Olhe nos meus olhos. Você está sob meu controle e vai responder tudo o que eu te perguntar.

O estranho reluta, parece estar conseguindo resistir ao poder de Jahol, até que concorda.

– Ok! O que você quer saber? – disse num tom de voz baixo e sereno.

– Onde está a Prefeita? – indagou Jahol, incisivamente.

– Não sei. Essa missão não estava com a célula a que pertenço.

– O que você sabe sobre o sequestro da Prefeita?

– Só sei que possíveis sequestros estavam nos planos.

– Onde você acha que a Prefeita pode estar?

– Acho que ela pode estar numa ilha.

– Que ilha? Explique melhor.

— Nesse tipo de ação, costumamos levar o sequestrado para algum lugar cercado por água, assim tentamos interromper o uso de cães farejadores. – explicou o estranho.

— Qual ilha?

— Não sei.

— Que outros planos vocês ainda têm?

— Temos muitos planos.

— Quais?

— Bombas, sequestros, assaltos, assassinatos... morte aos invasores do espaço.

— Conte mais detalhes.

— Não tenho mais detalhes. Minha célula já executou o que precisava fazer. – asseverou o estranho.

Nesse ínterim, o estranho desmaiou, e Jahol deixou a cela. O Delegado Nelson ficou impressionado, mas, um tanto desconfiado com a ação de Jahol, questionou:

— Muito bem, Jahol. Mais uma vez você conseguiu fazê-lo falar. Como você faz isso?

Jahol, para não revelar sua identidade e suas habilidades, precisou inventar outra forma de responder ao Delegado.

— Aproveitei que ele estava delirando e usei a hipnose, coisa que nem sabia se daria certo, mas felizmente tive êxito. O estranho desmaiou, e talvez demore para acordar. Recomendo ficar observando os sinais vitais dele, pois está muito debilitado.

— Enquanto você estava conversando com ele, recebemos uma mensagem dos fanáticos – afirmou o Delegado num tom preocupado.

— O que disseram?

— Querem que Porto Alegre não receba os alienígenas em troca da vida da Prefeita. Deram um prazo até o meio-dia de amanhã para uma resposta oficial do governo, ou a Prefeita morrerá.

– E o que responderam a eles?

– Não respondemos nada. Continuaremos as buscas. Agora, com essa informação do terrorista, vamos priorizar as ilhas.

Jahol dispensou Sílvio e Viviane e foi acompanhar os agentes. Já era início de noite. Por volta das 19 horas, os policiais iniciaram uma grande operação nas ilhas que circundam a capital, e as principais são a Ilha da Pintada, a Ilha Grande dos Marinheiros e a Ilha das Flores. Também tem outras menores, como a Ilha do Chico Inglês, a Ilha do Pavão, a Ilha dos Jangadeiros, a Ilha do Barba Negra e outras. Durante toda a madrugada, vasculharam várias residências, instalações e prédios nessas ilhas. Usando cães farejadores e equipamentos de alta tecnologia, os policiais não mediram esforços para tentar resgatar a Prefeita, porém nada foi encontrado.

XX
JAHOL EM AÇÃO

Eram 8 horas do dia seguinte, e Jahol ligou para Sílvio.
– Alô, Sílvio! Está acordado?
– Bom dia, Jahol. Estou, sim. Precisa de mim?
– Vamos tomar café. Depois vou precisar da tua ajuda.

Sílvio desceu e não encontrou Jahol. Viu um homem alto, de cabelo escuro e pele morena, tomando um chocolate quente. Esse homem, observando Sílvio, piscou para ele. Sílvio, sem jeito, fez de conta que não percebeu, mas o homem sorriu e insistiu em chamar-lhe atenção. Depois de tanta insistência, o homem foi até a mesa de Sílvio e disse:

– Oi, Sílvio!
– Desculpe, mas não sei quem você é – disse Sílvio, gaguejando.
– Ótimo! – disse o homem sorrindo.
– Como assim?
– Sou o Jahol, usei a cápsula para mudar a minha aparência, não posso ser reconhecido em nossa missão de hoje.
– Ufa, Jahol! Nessa você me pegou, *hein*! – sorriu Sílvio, aliviado.
– Desculpe, mas não quis perder a brincadeira – disse Jahol, gargalhando.
– E como está o caso da Prefeita?

– Estou preocupado, Sílvio, pois o tempo está se esgotando. O governo não quer negociar com os terroristas, e se não a encontrarmos, ela vai morrer.

– Faltando tão pouco tempo, o que está pensando em fazer, Jahol?

– Preciso que você vá comigo até a nave.

Os dois foram novamente até o Cais Mauá, entraram na espaçonave, e Jahol começa a operar um incrível painel de controle.

– O que está fazendo, Jahol?

– Prepare-se, Sílvio! Vamos sair para tentar localizar a Prefeita. A nave contempla uma série de recursos sofisticados que podem auxiliar a encontrar pistas.

– Mas a polícia está vasculhando a região. Alguém pode te ver e descobrir o teu segredo – afirmou Sílvio com cara de preocupação.

– Vou colocar a nave no modo furtivo, e ela ficará invisível.

– E os radares não podem te identificar?

– Não vamos voar. Nós vamos navegar – disse Jahol, determinado.

Jahol posicionou-se no assento do piloto e indicou para Sílvio sentar-se a seu lado, como se fosse o copiloto. Não havia manche, volante ou qualquer instrumento para guiar a nave. Jahol começou a brilhar e conectou-se com a nave, dando partida e guiando o veículo apenas com o controle mental. Sílvio, impressionado com a tecnologia, perguntou:

– Como funciona, Jahol? Você consegue controlar esta nave com a mente?

– Sim, Sílvio. Essa nave foi construída especialmente para obedecer e se conectar ao meu corpo biossintético. Minhas células de nanotecnologia ficam em perfeita sincronia com a nave, tal qual fossem um só corpo.

– Fantástico! E como eu vou te ajudar?

— Quando eu tiver que sair da nave, você ficará controlando no modo manual.

— Mas como assim? Não vejo nenhum comando! — exclamou Sílvio, sem entender sua função.

Nesse momento, materializa-se diante de Sílvio uma tela virtual com várias opções de comando.

— Escolha, Sílvio! — solicitou Jahol.

— Sílvio escolhe um comando semelhante a um *joystick* de videogame.

Ao tocar no painel, o modelo escolhido materializou-se em frente de Sílvio.

— Nossa! — exclamou Sílvio, completamente fascinado com a tecnologia de Triluni.

A nave começou a flutuar pelo Guaíba, e a velocidade era impressionante. Um drone ultrassofisticado foi lançado por Jahol e começou a varrer, rapidamente, as ilhas. Nesse momento, a inteligência artificial da nave mostrou alguns pontos suspeitos, e o veículo deslocou-se até eles. O drone conseguiu mapear com perfeição o interior dos ambientes suspeitos, usando uma espécie de raio X com sensor de calor que exibia imagens em alta definição.

Deslocaram-se à Ilha da Pintada, a mais habitada do bairro-arquipélago. Em seguida, foram à Ilha das Flores. Quando chegaram à Ilha do Pavão, o drone identificou uma atividade suspeita, havendo 99% de probabilidade de serem os terroristas.

— Sílvio, vou até lá. Fique na nave. Você pode acompanhar minhas ações pelo drone. Vamos nos comunicando, ok? Se algo der errado, ligue para o Delegado e diga que temos uma pista. E fique atento para não citar o meu nome. Para todos os efeitos, serei outra pessoa enquanto estiver com esse avatar.

Jahol atracou na ilha e foi caminhando pela mata até que encontrou uma casa antiga que parecia abandonada, mas o drone revelava homens fortemente armados em seu interior. Jahol avisou a Sílvio que tentaria negociar com os sequestradores e pediu-lhe:

— Sílvio, não faça nada enquanto eu estiver em ação.

Assim que chegou defronte à casa, surgiram vários homens armados. Jahol é rendido, revistado e algemado pelos estranhos.

— Vim negociar. Deixem-me falar com o líder de vocês.

Levaram Jahol à presença do homem que estava no comando. A Prefeita estava sedada e amarrada numa poltrona hospitalar.

— Quem é você? Tem autorização oficial para negociar? – perguntou o líder dos terroristas.

— Não tenho autorização oficial. Eu vim para negociar a rendição de vocês e a libertação da Prefeita.

O homem começou a rir, e apontou uma arma na direção de Jahol, dizendo:

— E como você pretende fazer isso, idiota?

Usando sua força, Jahol arrebentou as algemas e arrancou a arma do líder. Em seguida, pegou o homem e o jogou na direção de dois terroristas que lhe apontavam os fuzis. Um outro homem atirou em Jahol, acertando seu ombro. Jahol levantou o sujeito pelo pescoço e o fez desmaiar, usando o pó prateado luminoso que surgiu de sua mão.

De repente, apareceu outro fanático. Desta vez, era um homem com mais de dois metros de altura, muito forte e musculoso, que mais lembrava um lutador. Com uma ferocidade surpreendente, o fanático passou a golpear Jahol com extrema violência. Dessa vez, no entanto, Jahol sentiu os impactos dos socos aplicados com incrível força, mas logo se recompôs. Ao perceber que sua força não foi suficiente para ferir Jahol, o homem desesperou-se e de pronto sacou uma arma. Todavia, antes que o fanático disparasse, Jahol tirou a pistola de sua mão e lhe deu um soco no estômago. O homem se contorceu de dor e Jahol, utilizando o produto prateado, o fez desmaiar.

Sílvio acompanhou toda a cena, observando as imagens enviadas pelo drone, e vibrou como se estivesse no cinema assistindo a um filme de ação. Ao todo, Jahol derrubou mais de vinte homens. Quando finalizou o último homem, teve o cuidado de deixar todos amarrados. Posteriormente, libertou a Prefeita e fez a nave flutuar pela ilha até chegar ao pátio da casa. Jahol carregou a Prefeita até a nave. Aos poucos, ela começou a recobrar a consciência, e ele foi obrigado a usar o mesmo produto prateado, e assim ela novamente desmaiou. Sílvio ajudou Jahol a repousar a Prefeita sobre um dos assentos da nave.

— E agora, Jahol? Como vai entregar a Prefeita e os terroristas que estão desmaiados?

— Boa pergunta, Sílvio, mas tenho um plano. Como mudei minha aparência, vou deixar a Prefeita num hospital sem me identificar.

— E os terroristas?

— Vou usar os recursos da nave e denunciar o paradeiro deles com uma ligação anônima.

Após voltar para o Cais Mauá, Jahol caminhou com a Prefeita no colo até a rua Caldas Junior, no centro da capital, esquina com a Praça da Alfândega. Chamou um transporte por aplicativo e rumou ao HPS. Para não chamar a atenção, colocou uma máscara descartável na Prefeita. No HPS, Jahol disse que encontrou a mulher desacordada no centro da cidade, e a deixou sob os cuidados dos enfermeiros. Quando eles se deram conta de que se tratava da Prefeita raptada, buscaram Jahol para maiores informações, mas ele já havia sumido.

Os policiais encontraram os bandidos desacordados e amarrados na casa da Ilha do Pavão, e ficaram intrigados como aquilo teria acontecido. Quando souberam que a Prefeita estava no HPS em ótimo estado de saúde, investigaram as câmeras de vigilância, na tentativa de descobrir quem seria o homem suspeito de raptar ou de salvar a Prefeita, e identificaram Jahol em sua segunda aparência. Entretanto, como esperado por Jahol, seu segredo permaneceu preservado, pois seu disfarce impossibilitou a polícia de encontrar o suspeito.

Jahol voltou para a nave e ingressou na cápsula para curar seu ferimento no ombro e, principalmente, redefinir sua aparência e voltar a ser o jornalista inglês.

XXI
A SPEED SPECTRUM

Sílvio resolveu ficar com Jahol no turno da tarde para lhe fazer companhia, enquanto ele se recuperava na cápsula do ferimento sofrido durante o resgate da Prefeita. Cada vez mais admirado com a beleza e os recursos do veículo espacial, decidiu perguntar:

– Jahol, qual é o nome desta nave?

– Não tem um nome definido. É um modelo único, desenvolvido especificamente para as minhas características e para esta missão.

– É que aqui é comum dar um nome a naves e embarcações. Inclusive, em vários filmes e seriados, o nome da nave é bem legal.

– Ok, fique à vontade! Deixo para você escolher um nome.

– Uau! Obrigado, Jahol. Na verdade, até pensei num nome enquanto te esperava. A nave é ultrarrápida, tem o modo furtivo e seria legal um nome inglês que tem a ver contigo. Que tal Speed Spectrum?

– Ótimo! Gostei desse nome.

– Jahol, você e esta nave são incríveis! Parece o protagonista de um filme de ação.

– Obrigado, Sílvio. Hoje realmente me superei. Não gosto de usar violência, pois somos um povo pacífico, mas as circunstâncias exigiram atitudes mais enérgicas.

– Mesmo assim, você só os nocauteou. Nenhum ficou gravemente ferido, estando todos vivos e presos pela polícia.

– Como te disse, Sílvio, somos pacíficos, acreditamos na justiça e que todos têm direito a um julgamento justo. Pelo que andei lendo, muitos países aqui na Terra também são contra a pena de morte e a favor do devido processo legal.

– São princípios fundamentais do Direito; pena que nem todos os países adotam. O Brasil é signatário da Declaração Universal dos Direitos Humanos, tratado que foi celebrado na ONU no século passado. E, mesmo assim, ainda existem muitos casos de desrespeito a esses direitos, mesmo nos países signatários do tratado. Veja quantas notícias de violência temos todos os dias. Em alguns casos há muita crueldade, desde violência doméstica a brigas de torcida, brigas de trânsito, violência racial, etc. Por isso, ainda acho que nós, seres humanos, não estamos preparados para recebê-los aqui na Terra. O homem tem muito que evoluir nesse sentido.

– Pois é, Sílvio, vejo que isso te preocupa muito. Você é uma boa pessoa. Se todos fossem como você, certamente a Terra seria um lugar melhor.

– Mas nem todos são, infelizmente. Veja o Triângulo Supremo! São tantos indivíduos com caráter e convicções distorcidas, praticando os atos mais perversos e insanos aqui em Porto Alegre e em várias outras cidades do mundo.

– Entendo tua preocupação, Sílvio, porém acredito que os seres humanos estão evoluindo gradativamente. Ainda restam muitos pontos a serem evoluídos, mas terão que acreditar num futuro melhor. Quando o alto escalão de Triluni decidiu vir até aqui, certamente levaram em conta todos esses aspectos.

O papo entre Jahol e Sílvio seguiu. Falaram sobre diversos assuntos. Já passava das 17 horas quando o celular de Jahol tocou. Ele verificou que era o Delegado Nelson e, então, atendeu, colocando no viva-voz:

– Olá, Delegado! Como vai?

– Jahol, onde você está? Não está acompanhando o caso da Prefeita?

– Estou sim, Delegado. Vi que ela está bem, e que os terroristas foram presos. Boas notícias!

– Então, Jahol, preciso novamente da tua ajuda, pois temos vários fanáticos para interrogar. Gostaria de contar com a tua habilidade. Pode ser?

– É claro, Delegado! Hoje não será possível, não estou me sentindo muito bem e vou precisar repousar. Posso ir ao Departamento amanhã pela manhã?

– Ótimo, Jahol! Ah, e tem outra coisa que quero te comunicar.

– Diga, Delegado.

– A Secretaria de Segurança Pública do Rio Grande do Sul deseja homenagear você e o Sílvio Silver pelo ato heroico na prisão daquele outro terrorista.

– Quanta honra, Delegado! Quando vai ser?

– Amanhã, às 15 horas, no Palácio Piratini.

– Ok, Delegado. Amanhã nos falamos. Abraço.

– Abraço, Jahol. Até amanhã.

Após finalizar a ligação, Jahol e Sílvio se entreolharam surpresos.

– Parabéns! Serás homenageado! – disse Jahol, estendendo a mão e cumprimentando Sílvio.

– Incrível, Jahol! Por essa eu não esperava; de repente somos heróis – sorriu Sílvio.

– Você foi corajoso, inclusive correu risco de vida.

– Verdade, Jahol. Quando minha mãe souber, certamente vai me dar aquela lição de moral, pois ela tem muito medo desse tipo de coisa depois do que aconteceu com o meu pai.

— Como foi o caso do teu pai?

— Ele era da equipe de investigação da delegacia. Eles foram cumprir um mandado de prisão contra uma quadrilha que vendia armas ilegalmente, porém foram recebidos a tiros pelos bandidos. Meu pai foi rápido e conseguiu acertar alguns deles, salvando um colega que entrou em luta com um dos acusados. Entretanto, quando tudo parecia sob controle, outro elemento detonou uma granada, e meu pai foi atingido. Antes de morrer, ele ainda pediu para os colegas transmitirem suas últimas palavras, dizendo que amava nossa família.

— Lamento, Sílvio. Os policiais são heróis no combate ao crime, mas infelizmente aqueles que estão na linha de frente correm alto risco. Teu pai recebeu alguma homenagem?

— Sim, Jahol. Temos uma medalha de honra guardada.

Jahol e Sílvio continuaram conversando por algum tempo. Combinaram de se encontrar no dia seguinte, na hora do almoço, junto com Viviane. Jahol decidiu passar a noite na nave, e Sílvio pegou o carro e foi para casa. No caminho, ligou o rádio, e uma música romântica o fez lembrar-se de Viviane e suspirar de paixão:

Dia e noite, sol e lua
Meu caminho é sem rumo pelas ruas
Sigo no meu carro
Escuto uma canção
Sem destino eu ando
Vou seguindo a emoção

Você surgiu na minha vida
Raio de sol a iluminar
É passagem de um cometa
Em linda noite de luar

XXII
HOMENAGEM

Você é minha princesa
Minha musa inspiração
Conto de fadas, fantasia
Num castelo de paixão

E eu só penso em você
Tudo é você
Meu sentimento é você
Porque eu só penso em você

XXII
HOMENAGEM

Cinco dias restavam para a chegada dos visitantes do espaço. O ambiente na cidade era um misto de festividade com preparativos para uma guerra. No ápice do inverno, os últimos dias foram de frio intenso.

Sílvio, por vários motivos, estava ansioso. Seria um dia muito especial, já que a Secretaria de Segurança Pública concederia uma homenagem a ele junto com seu amigo alienígena. Além disso, o fato de os trilunianos estarem quase chegando causava grande apreensão, pois, não bastasse todo o *frisson* de tão importante visita, ainda existia a ameaça terrorista, que não media esforços para impedir os visitantes de aterrissarem em Porto Alegre. Contudo, o motivo principal de sua ansiedade, sem dúvida alguma, era reencontrar Viviane e ter mais uma chance de expressar seu amor por ela. Estava cada vez mais confiante; sentia que ela passara a demonstrar afeição por ele, e sua autoestima estava elevada com todos os acontecimentos dos últimos dias.

Sílvio sempre se vestiu de maneira simples, com roupas casuais, porém a solenidade exigia mais formalidade. Seu traje estava guardado e sem uso há algum tempo, desde o casamento de um familiar. Sendo assim, vestiu seu belo terno preto e mandou uma mensagem para Jahol, avisando-lhe que deveria também observar suas vestes e indicando-lhe um local conhecido que alugava roupas sociais.

Depois de tomar banho e se vestir, Sílvio passou gel no cabelo e ficou muito charmoso com o visual impecável, tipo galã de cinema. Antes de sair, lembrou-se de pegar a medalha de honra de seu pai, que estava guardada na estante da sala.

Eram quase 13 horas, e Sílvio desceu para encontrar Jahol e Viviane no bar. Jahol também estava vestindo um belo terno preto, numa elegância que chamava atenção, devido a sua altura e magreza. Viu que Viviane não estava e comentou com Jahol:

– Oi, Jahol! Está elegante, *hein*!

– Você também, Sílvio, está muito alinhado!

– E Viviane? – questionou Sílvio.

– Ela disse que está se arrumando e não vai almoçar com a gente. Garantiu que por volta das 14 horas ela nos encontrará aqui.

– E como foi o interrogatório dos terroristas?

– Não disseram nada que fosse útil, apenas que foram designados para o sequestro da Prefeita.

Sílvio e Jahol pediram uma *a la minuta* e, enquanto aguardavam Viviane, almoçaram. Após a refeição, alguns minutos se passaram, mas nada de ela chegar. Sílvio, não conseguindo esconder uma certa aflição pela espera de sua amada, foi até a máquina de café, pegou um cafezinho para ele e um *mocaccino* para Jahol, tentando se distrair e ajudar a passar o tempo. Enquanto degustavam, também apreciavam o aroma de suas bebidas. Estavam quase no final quando aquela figura deslumbrante adentrou o bar. Linda como uma *top model*, usando um modelito preto, Viviane chegou estonteante, chamando a atenção de todos no estabelecimento. Ela se aproximou, Sílvio a olhou com total admiração e, ao mesmo tempo, com ciúmes, haja vista que ela atraía os olhares dos outros clientes do bar. Viviane se aproximou e disse:

– Olá, rapazes! Estão elegantes, *hein*!

Sílvio cogitou retribuir o elogio, mas sua inerente timidez o fez titubear. Diante disso, Jahol fez as honras:

— Você também está muito bonita, Vivian. Não acha, Sílvio?

Sílvio, então, pareceu acordar:

— Com certeza, Jahol, está linda!

Desta vez é Viviane quem ficou corada e agradeceu:

— Obrigada, rapazes! Por ser uma solenidade especial, tentei produzir-me um pouco mais.

Depois de encerrados os elogios, Sílvio chamou um transporte por aplicativo, e os três foram ao Palácio Piratini. Chegando lá, encontraram o Delegado Nelson, que os apresentou às autoridades presentes. Dentre os convidados para o ato solene, estavam o Chefe de Polícia, o Secretário de Segurança Pública, o Governador do Estado e a Prefeita de Porto Alegre. Ainda estavam no evento outras figuras públicas, deputados, vereadores e policiais. A mãe de Sílvio também compareceu para prestigiar seu filho. Aliás, na plateia, ela sentou-se ao lado de Viviane.

A polícia é uma instituição do mais alto valor pelos inestimáveis serviços prestados à sociedade gaúcha. O pai de Sílvio foi um dos vários heróis que perderam a vida cumprindo o dever de enfrentar a criminalidade. Heróis que sempre serão lembrados por seus familiares, amigos, pelas instituições que representavam e por toda a sociedade.

A solenidade se iniciou, e o mestre de cerimônia começou a falar:

— Senhoras e senhores, boa tarde. Passamos a palavra ao Excelentíssimo Senhor Governador do Estado do Rio Grande do Sul.

O Governador, então, começou seu discurso:

— Boa tarde a todos. Nos últimos dias, o mundo todo está em contagem regressiva para a chegada dos visitantes do espaço em nossa capital. O Estado do Rio Grande do Sul, com o apoio do Governo Federal e da comunidade internacional, está se preparando para essa recepção. Têm sido dias intensos de trabalho no sentido de garantir a segurança de todos. A ameaça terrorista tem nos exigido muitos esforços, mas garantimos que tudo o que estiver ao nosso alcance será feito para garantir a paz e a ordem. Tivemos, recentemente, a captura de vários membros da seita Triângulo Supremo e, numa dessas ocorrências, contamos com a ajuda extra de dois heróis civis que hoje serão merecidamente condecorados nesta cerimônia. Os senhores Jahol Block e Sílvio Silver nos ajudaram na captura de um desses terroristas e, a partir dessa captura, nos foi possível obter pistas sobre o sequestro da senhora Prefeita, culminando com a prisão de outros indivíduos da mesma organização criminosa. Com isso, em nome da sociedade gaúcha, quero expressar nossos agradecimentos a esses dois heróis. Muitíssimo obrigado!

A plateia aplaudiu as palavras do Governador, e o mestre de cerimônia convidou o Delegado Nelson para entregar as medalhas de honra ao mérito a Jahol e a Sílvio. Sempre simpático, o Delegado apertou a mão de Jahol e colocou a medalha em seu pescoço. Em seguida, repetiu o mesmo gesto em Sílvio. Após novos aplausos, o mestre de cerimônia chamou os heróis para expressarem suas palavras. Jahol foi o primeiro:

— Quero agradecer imensamente essa homenagem e me colocar à disposição para continuar auxiliando as forças de segurança neste momento extraordinário. Mesmo não tendo nascido no Brasil, digo-lhes que já me sinto um tanto gaúcho e brasileiro neste pouco tempo que estou aqui, onde fui muito bem recebido. Quero agradecer, principalmente, ao Delegado Nelson, à minha jovem amiga Vivian e ao meu fiel escudeiro Sílvio Silver por terem me acolhido tão bem. Muito obrigado.

Novamente, os aplausos soaram no anfiteatro. O mestre de cerimônias pediu a Sílvio para deixar sua mensagem. Visivelmente emocionado, ele tirou do bolso a medalha concedida a seu pai em homenagem póstuma, e inicia sua fala:

— Boa tarde a todos. Estou muito comovido com este momento inesperado. Quando digo inesperado, é em vários sentidos. Seres espaciais e terroristas em Porto Alegre é algo improvável, mas nós estamos fazendo tudo que é possível para que as coisas fiquem bem. Particularmente, tive a sorte de conhecer o Sr. Jahol Block. Se hoje estou aqui, é muito graças a ele. Também quero agradecer ao Delegado Nelson e a nossa querida Viviane. Contudo, eu não posso deixar de me lembrar de duas pessoas muito especiais: minha mãe, que está na plateia, e meu pai, que não está mais entre nós, mas é lembrado como um verdadeiro herói, haja vista que ele deu sua vida protegendo a sociedade. Tive o cuidado de trazer a medalha póstuma que ele recebeu, para dizer o quanto o amávamos e que ele nos faz muita falta. Ao mesmo tempo, porém, meu pai nos deixou orgulhosos por tudo que fez enquanto esteve presente entre nós. Ontem, conversei com Dona Júlia, minha querida mãe, e, depois de tudo que passamos nos últimos dias, tomei uma decisão: quero ser policial e lutar pela sociedade, como fez meu pai. Obrigado a todos.

A plateia aplaudiu de pé o discurso emocionante de Sílvio. Dona Júlia e Viviane não contiveram as lágrimas e se abraçaram. Jahol, o Delegado Nelson, o Governador e a Prefeita cumprimentaram e abraçaram Sílvio, que desceu até a plateia e deu um abraço conjunto em Viviane e em sua mãe. Dona Júlia colocou o rosto perto do seu ouvido e sussurrou:

— Meu filho, estou muito orgulhosa de ti. Hoje você honrou teu pai. Segue teu caminho e o teu coração.

Sílvio deu-lhe um abraço apertado. Em meio a essa emoção, ele percebeu que Viviane observava o afetuoso amplexo e deu-lhe também um forte abraço.

— Meu querido amigo, estou muito feliz por ti. Parabéns! Não desiste dos teus sonhos – disse Viviane, tomada pela emoção.

Por um momento, o fato de Viviane chamá-lo de amigo o deixou um tanto desconfortável, sentimento esse que se acostumara a sentir depois de tanto tempo de convívio com ela. Sua autoestima, no entanto, nunca estivera tão em alta, e ele logo voltou a pensar positivo.

— Obrigado. Você sempre gentil. É a garota mais romântica, educada e sensível que eu conheço – confessa Sílvio, tocado pela situação.

Os dois se olharam, e os olhos azuis de Viviane brilhavam como uma estrela. Esse olhar durou alguns segundos, e Sílvio ficou em dúvida se a beijava ou se dizia alguma coisa para ela, algo como "você é muito linda" ou "não consigo mais esconder o que sinto por ti". Em segundos, várias possibilidades passaram em sua cabeça, mas faltava-lhe coragem. Entretanto, Sílvio decidiu dizer que a amava.

— Viviane, eu... eu...

Só que, em meio a tanta gente, Sílvio sentiu alguém tocar em seu ombro. Olhou para trás e deparou-se com o policial veterano com quem conversara no dia em que lutou contra o terrorista.

— Silver, estou feliz por você, ainda mais sendo o filho do meu grande amigo Sebastian. Tinha certeza de que você seguiria os passos do pai.

— Obrigado! Muito honrado e agradecido pela tua generosidade.

Os dois se abraçaram. Na sequência, várias outras pessoas cercaram Sílvio para cumprimentá-lo. Viviane e Dona Júlia ficaram observando o momento de glória de Sílvio. O Delegado Nelson e Jahol se juntaram a eles, e o mestre de cerimônias convidou todos para um coquetel. Viviane se despediu de Sílvio, dizendo:

— Tenho que ir. Hoje, tenho prova na faculdade.

Sílvio, incrédulo por perder mais essa oportunidade, respondeu:

– Ok, Viviane. Te agradeço pela presença. O que você vai fazer amanhã de noite? – perguntou, tentando retomar o momento romântico.

– Amanhã eu vou no CTG. Quer ir?

– É claro! Lá é um lugar muito legal.

– Ótimo! Convida nosso amigo espacial também – solicitou, sorrindo e piscando para Sílvio.

– Convido, sim. Ele adorou o CTG.

– Certo! Amanhã nos falamos.

Os dois se deram um abraço apertado. Sílvio teve vontade de beijá-la, mas não considerou adequado em meio a tanta gente e também porque não tinha plena convicção dos sentimentos dela. Ele a observou saindo pela porta do saguão e teve vontade de ir atrás dela para, finalmente, falar sobre seus sentimentos. No entanto ele lembrou que havia combinado ir ao CTG com ela e prometeu a si mesmo que esse baile será o dia em que, finalmente, irá declarar seu amor.

XXIII
UMA ROSA EM MINHA MÃO

No dia seguinte, Sílvio acordou feliz. Olhou o porta-retrato com uma foto em que ele, criança, está com seus pais e observou com orgulho as duas medalhas de honra que deixara ao lado do objeto. Faltavam apenas quatro dias para a chegada dos visitantes, mas nada será mais especial que o baile que acontecerá durante a noite, noite essa que terá tudo para ser a mais importante de sua vida, pois estava determinado a revelar seu amor a Viviane.

O dia era de folga, haja vista que combinara com Jahol de se encontrarem direto no baile. Sílvio foi até o espelho e começou a ensaiar a melhor maneira de declarar seus sentimentos a Viviane. Pensou em várias formas e palavras, mas nada o agradava. Desistiu do ensaio e resolveu que deveria ser um ato espontâneo e de pura emoção. Pensou em outros detalhes, como a roupa, mas isso não seria problema, pois alugaria outra pilcha no bolicho. Seu cabelo já está bem cortado, pois fora ao barbeiro antes da cerimônia no Palácio Piratini. Sílvio lembrou que precisava de um perfume que pudesse fazer Viviane suspirar por ele, assim como ele suspirava por ela quando sentia sua fascinante fragrância. Então, ele optou por ir a uma famosa loja no centro da cidade, certo de que encontraria o aroma que o ajudaria em sua grande conquista. Sílvio, então, pegou um ônibus até o centro. No caminho, percebeu que as pessoas estavam felizes, parecendo nem um pouco preocupadas com alienígenas ou terroristas. O ônibus passou pela Usina do Gasômetro, e Sílvio notou a movimentação no entorno, bem como o forte esquema de segurança montado. Ele sabia que logo os acessos próximos à Usina estariam todos fechados e não mais seria permitida a presença do público em geral; somente de autoridades, jornalistas e agentes envolvidos na segurança.

O transporte seguiu seu trajeto até o fim da linha na rua Uruguai. Sílvio desceu e caminhou até a Rua dos Andradas, também conhecida como Rua da Praia. No caminho, deparou-se com uma grande quantidade de vendedores ambulantes, oferecendo todo tipo de objeto, sendo que os itens do momento eram os relacionados aos extraterrestres, como brinquedos, faixas e suvenires. Sílvio reparou as crianças pedindo aos pais os brinquedinhos e a felicidade delas quando atendidas. Lembrou-se de sua infância. Ele adorava ir ao centro da cidade com sua mãe ou com seu pai, pois sempre ganhava algum presente. Assim que chegou à loja de perfumes, uma bela vendedora o atendeu e lhe mostrou várias fragrâncias. Como estava indeciso, pediu a opinião da atendente e acabou comprando um perfume importado, o mais caro da loja. Sílvio saiu do estabelecimento bem satisfeito e confiante de que estava com tudo pronto para seu grande dia.

Apesar do frio, estava uma linda manhã de sol; então decidiu voltar caminhando a sua casa, pois não era tão distante, cerca de 2 quilômetros. Foi até a avenida Senador Salgado Filho e seguiu até a avenida João Pessoa, passando pelos prédios históricos da Faculdade de Ciências Econômicas e da Faculdade de Direito da Universidade Federal; dobrou na rua Avaí e seguiu até a Lima e Silva. Passou no bar da esquina para ver se encontrava Jahol, mas ele não estava; então resolveu telefonar-lhe para saber notícias:

— Alô! Bom dia, Jahol! Como está?

— Olá, Sílvio! Está tudo bem. Estou na Speed Spectrum.

— Precisa de alguma ajuda, Jahol?

— No momento não, meu amigo, fique tranquilo. Aproveita o dia e prepara-te para o baile.

— E o Delegado Nelson? Informou mais alguma coisa sobre os terroristas?

— Falei com ele hoje de manhã. Disse que por enquanto está tudo calmo.

— Boa notícia! Estou torcendo para que hoje tenhamos paz, assim aproveitaremos o baile durante a noite sem maiores preocupações.

Depois do almoço, Sílvio resolveu dormir um pouco. Mais tarde, quando acordou, foi até o Parque da Redenção para caminhar e correr. Optou por caminhar seis quilômetros e correr mais dois, visando a não se degastar tanto e se preservar para o baile. Durante o percurso, Sílvio novamente mergulhou em pensamentos, refazendo mentalmente todos os acontecimentos desde o dia em que pegou carona com Viviane e tiveram a notícia da vinda dos extraterrenos; recordou-se também da noite em que conhecera Jahol, até o momento em que descobriram sua origem alienígena. Suas lembranças iam e voltavam; passavam pelo amigo Neco, pelo trabalho, pelo ato heroico que tivera e pela homenagem recebida. Seu coração, porém, acelerou quando se lembrou de Viviane e do clima de romance que está vivendo com ela. Seu amor e sua paixão ressurgiram como a força de um vulcão adormecido que entrou em erupção. Na volta para casa, Sílvio olhou para o céu e viu o lindo arco-íris que se formara. Apreciando aquele belo fenômeno da natureza, veio em sua memória um poema escrito por Viviane havia alguns anos, e que ela enviara para ele por *e-mail*. Sílvio logo fez uma pesquisa no *smartphone* e achou "Caminhos":

Percorri muitos caminhos
Tão repletos de espinhos
Cercados pela fantasia
Trilhada à beira dos caminhos

Caminhar é procurar
A felicidade num lugar
De amor e de carinho
E se não os encontrar
Aconselho a voltar
E tentar outro caminho

Caminhei até o sol nascente
Onde o céu é tão bonito
Na passarela do arco-íris
Sobre as nuvens do infinito

Ao terminar a leitura, Sílvio estava emocionado. Vinham a sua lembrança os diálogos com Viviane sobre a vontade de ambos de se relacionarem com uma pessoa romântica, educada e sensível.

Retornou para casa e repousou mais algumas horas, intentando estar plenamente disposto para a noite, que, certamente, seria promissora. Às 18 horas, Sílvio deu início aos preparativos: tomou um longo banho e depois se encharcou com o perfume importado. Às 19 horas, saiu de casa, pois marcara com Viviane e Jahol às 20 horas no CTG, passou no bolicho e alugou a melhor pilcha para aquele momento tão especial.

Tudo pronto, Sílvio adentrou o salão do CTG. O movimento estava calmo; muitos frequentadores começavam a chegar. Esperava ansiosamente: "Estão um pouco atrasados, já são quase 20h30" – pensou.

De repente, olhou para a entrada do salão e viu a mais bela prenda ingressando no recinto. Viviane e sua beleza peculiar encantavam e chamavam a atenção, principalmente quando estava toda produzida. Ela foi em direção a Sílvio.

— Olá, Sílvio! Está muito bem, *hein*! — elogiou gentilmente.

— Você também, Viviane! — retribuiu Sílvio.

Em meio à conversa, os dois sentiram um grande e amigo abraço. Jahol também chegou e se juntou a eles. Percebia-se que estava feliz, irradiando simpatia por encontrar-se uma vez mais no lugar de que tanto gostara.

— Boa noite, meus queridos! Hoje, vamos nos divertir! — exclamou, sorridente.

O baile estava animado, o salão estava lotado, e o grupo musical tocava vários sucessos. Sílvio dançava com Viviane e sentia seu perfume. Desta vez, porém, ela também se impressionou com o perfume de Sílvio.

— Que perfume você está usando, Sílvio?

— Ah, é um importado que comprei hoje — explicou um tanto envergonhado.

— Muito bom!

— O seu também é ótimo.

Jahol pediu licença e dançou com Viviane. Sílvio somente observava... Ainda ficava pasmo em ver o extraterrestre dançando com tanta desenvoltura.

A banda resolveu tocar um dos seus maiores sucessos, deixando todos ainda mais empolgados.

Fui dançar numa bailanta
Era noite de verão
Cultivar novos amigos
Espantar a solidão

Avistei uma prendinha
Coisa linda de se ver
Qual é o nome dessa prenda
Quero conhecer você

Fui em direção a ela
Uma rosa em minha mão
Por favor me dê a vez nesta canção

Vamos dançar
Baila, baila no salão
Os seus olhos nos meus olhos
Que emoção!

Prenda, prendinha
Linda igual você
Tô morrendo de vontade
De dançar um chamamé

Ouvindo a bela canção e prestando atenção à letra, Sílvio teve uma ideia. Finalmente, resolveu se declarar a Viviane. Foi até o bolicho e comprou uma linda rosa para cortejá-la.

A música seguiu tocando, e os versos são repetidos várias vezes.

Fui em direção a ela
Uma rosa em minha mão
Por favor me dê a vez nesta canção

Vamos dançar
Baila, baila no salão
Os seus olhos nos meus olhos
Que emoção!

Sílvio observava Viviane dançando com Jahol. Com a rosa na mão, resolve ir até o bar e pedir uma bebida. É inverno, então pediu uma taça de vinho tinto e tomou-o rapidamente. Quando a música acabasse e estivesse começando outra, pretendia entregar a rosa a Viviane e convidá-la para dançar mais uma vez. Daí seria o momento em que, finalmente, confessaria seus sentimentos.

Estava terminando a música, em breve começaria a outra. Sílvio estava ansioso, mas decidido. Seria este o momento, pois acreditava piamente que Viviane lhe corresponderia. Entretanto, ele estava preparado para o caso dela querer apenas amizade.

Outra música começava. Sílvio tomou o restante do vinho que estava na taça. "É agora!" – pensou resoluto. Foi em direção a ela, com a rosa em sua mão. Caminhou lentamente, olhando com ternura para ela. Viviane ainda dançava com Jahol, mas percebeu que Sílvio se aproximava com a rosa na mão. Ela sorriu, já imaginando o que poderia acontecer. Sílvio parou no meio do salão e, com a rosa, fez um gesto de reverência, chamando-a para dançar. Ela sorriu novamente e pediu licença a Jahol para ir dançar com Sílvio. Contudo, exatamente nesse instante, uma enorme explosão aconteceu. Um tremendo estrondo deixou muitos desacordados e outros atordoados. Fumaça e um cheiro forte poluíam o salão, prejudicando a visibilidade no local. Alguns se deram conta da gravidade do momento e começaram a gritar horrorizados. Viviane desmaiou e acordou com Jahol a socorrendo. Ela levantou e percebeu que o lindo baile agora parecia um filme de terror... havia pessoas mortas... feridos por todos os lados... muito sangue... sangue demais, como jamais tinha visto...

– Como estás, Vivian? – perguntou Jahol, tentando manter a calma.

– Estou bem... estou bem... Mas e o Sílvio? – questionou Viviane, aflita.

– Calma! Vamos procurá-lo, ok?

Jahol estava todo sujo pelos resíduos decorrentes da explosão. Viviane teve sorte de ter sido protegida pelo corpo biossintético do alienígena. Rapidamente, os dois encontraram Sílvio desmaiado e ferido no meio do salão. Ainda estava vivo, mas perdia muito sangue. Ela se sentou no chão, acomodou a cabeça do amigo em seu colo e, chorando, chamou seu nome:

– Sílvio, acorda! Sílvio... Sílvio, acorda!

Jahol fez massagem cardíaca no amigo, verificou seus sinais vitais e se preocupou.

– Como ele está, Jahol? – perguntou Viviane, desesperada.

– Nada bem, Vivian. Não sei se vai dar tempo de socorrê-lo.

Sílvio foi recobrando a consciência e percebeu que algo grave acontecera no baile e que seu estado de saúde era crítico.

– Viviane, eu não quero morrer.

– Você não vai morrer, estamos contigo! – disse ela, tentando reconfortá-lo.

– Viviane, preciso te contar o meu segredo.

Ele olha para Viviane, e ela passa a mão carinhosamente em seu rosto.

– Diga, Sílvio.

– Eu te amo! Eu sempre te amei!

Os dois se olham por alguns segundos, e ela chora. Então o beija, chorando, um beijo doce e demorado.

– Você é romântico, educado e sensível.

Os dois sorriram. Sílvio desmaiou novamente. Jahol, ao ver a cena, também chorou, mas logo resolveu verificar os sinais vitais do amigo e preocupou-se. Ao redor, os feridos eram atendidos por aqueles que estavam bem. Os músicos da banda foram pouco atingidos e ajudaram no socorro.

— Jahol, por favor, faz alguma coisa. Não o deixe morrer – implorou Viviane.

— Posso tentar lhe passar um pouco da essência do meu corpo biossintético, mas não sei se isso será suficiente ou se poderá causar algum efeito colateral nele.

— Tenta, Jahol, senão ele vai morrer.

Jahol se concentrou. Em sua mão, surgiu um líquido luminoso e prateado que ele colocou nos ferimentos de Sílvio e também o fez engolir um pouco, tal qual um elixir feito por alquimistas. O sangramento diminuiu, e sua pulsação pareceu ter melhorado. Jahol e Viviane se olharam aliviados, porém Sílvio, ainda desacordado, começou a convulsionar. Viviane chorou novamente. Jahol, diante desse cenário, realizou novos procedimentos de primeiros socorros. A convulsão, finalmente, passou.

Alguns minutos transcorreram e começaram a chegar as equipes de socorristas. Jahol pegou Sílvio no colo e o levou para uma das ambulâncias que se deslocaram até o CTG. Os paramédicos acomodaram Sílvio na maca e pediram para Jahol e Viviane se afastarem, pois era preciso efetuar os procedimentos médicos. Jahol telefonou para o Delegado Nelson, que chegou ao local alguns minutos depois.

— Jahol, como ele está?

— Está muito ferido, Delegado.

— Os terroristas não desistem. Hoje, desarmamos mais duas bombas, uma no Mercado Público e outra antes de um *show* no Auditório Araújo Viana. Infelizmente, não conseguimos descobrir esta aqui no CTG.

— Pois é, Delegado, a tática deles é atacar simultaneamente vários pontos, o que torna muito difícil a prevenção em tantos locais. Certamente, vão ousar fazer outros atentados.

— É provável, pois estão tentando desviar a atenção para atacar os visitantes do espaço. Plantando várias bombas em locais distintos, esperam reduzir a segurança no local da chegada, mas não vamos permitir; teremos mais reforços de agentes de outras cidades e de outros países.

O Delegado Nelson, então, identificou-se e pediu informações sobre o estado de saúde de Sílvio. Informaram que ele estava estável e seria encaminhado ao hospital. Um cálculo preliminar indicou que aproximadamente 40 pessoas morreram e outras 50 estavam feridas, sendo 30 em estado grave.

Viviane foi ao condomínio Estrela Cadente para avisar a mãe de Sílvio. Dona Júlia chorou e precisou ser amparada por ela. Logo depois, as duas vão ao hospital. Jahol e o Delegado Nelson também aguardavam notícias e ajudaram a consolá-las, pois elas estavam aos prantos. Algum tempo depois, os médicos avisaram que Sílvio estava estável, porém foi necessário deixá-lo em coma induzido. Apesar da preocupação, todos consideraram que essa era uma boa notícia e ficaram confiantes em sua melhora.

XXIV
DO HOSPITAL PARA A NAVE

A ameaça terrorista deu mais um duro golpe na cidade e precisava ser contida. Na manhã seguinte, o Delegado Nelson e Jahol deixaram o hospital, pois se reuniriam com as autoridades para revisarem o esquema de segurança.

Enquanto isso, notícias informavam que um pequeno submarino chileno estava desaparecido, causando preocupação ao governo brasileiro, uma vez que tal submarino tinha potencial para disparar mísseis nucleares de longo alcance.

Na reunião com o alto escalão da força-tarefa internacional, o General Josafá Soares, cientista responsável pela inteligência da operação, expôs a situação:

– Boa noite. Estaremos em alerta máximo a partir de agora. Nosso esquema de segurança está preparado tanto para um ataque dos alienígenas quanto para um atentado dos terroristas. Temos várias baterias de mísseis posicionadas em quatro fragatas. São mísseis de ataque com alto poder destrutivo e mísseis de defesa capazes de interceptar outros mísseis. Vários caças estarão patrulhando a área, e outros estarão de sobreaviso no porta-aviões e na base aérea de Canoas.

Jahol, ao escutar as palavras do General Josafá Soares, resolveu se manifestar:

— Com todo respeito, General, mas eu entendo que as ações devam priorizar os ataques terroristas, haja vista que os visitantes afirmaram que estão chegando em missão de paz.

— Jahol, não temos como ter certeza disso. Também acho que, provavelmente, a ameaça terrorista é mais preocupante, mas temos que estar preparados para todos os cenários possíveis – ponderou o General Soares.

Sem poder contestar as palavras do General, Jahol se resignou, pois ainda não era o momento de revelar sua identidade secreta. O Delegado Nelson pediu a palavra e adotou um discurso conciliador:

— Senhores, é evidente que todos os fatos indicam que a ameaça terrorista é o principal problema. Todavia, os protocolos de segurança estão sendo seguidos, e entendo que nós estamos preparados para agir em qualquer cenário. Este evento será marcante para a humanidade, e vamos fazer de tudo para que o dia da chegada não seja manchado por qualquer ato de violência.

A reunião transcorreu normalmente, por cerca de duas horas. Vários pontos foram revisados pelos membros da força-tarefa. Após a reunião, o Delegado Nelson foi ao Departamento de Investigações, e Jahol voltou ao hospital. Chegando lá, encontrou Viviane e Dona Júlia, que, aflitas, aguardavam o próximo boletim médico. Algum tempo depois, chegou o chefe da equipe médica com cara de preocupado.

— Boa noite. Lamento informar, mas o quadro de saúde do Sílvio é delicado. Ele tem tido convulsões, mesmo em coma induzido. Os sinais vitais do paciente também estão oscilando muito. Estamos fazendo o possível, mas não sabemos se ele vai resistir. Se quiserem, fiquem à vontade para visitá-lo na UTI. Permitiremos cinco minutos a cada um de vocês.

Viviane e Dona Júlia se abraçaram. A mãe de Sílvio foi a primeira a entrar no quarto. Enquanto isso, Viviane perguntava para Jahol:

– Jahol, não tem como você fazer nada?

– Tem, sim, Vivian. Vamos tirá-lo daqui e levá-lo para a nave. Acho que só a cápsula pode salvá-lo.

– Mas como vamos fazer isso? E se ele não resistir?

– Vou acionar a Speed Spectrum.

Jahol se concentrou. Suas mãos e seus olhos brilhavam. No Cais Mauá, a nave também brilhou, entrou em modo furtivo e, lentamente, saiu flutuando do armazém. Depois, aumentou sua velocidade e, em menos de cinco minutos, chegou ao hospital. Viviane conseguiu convencer Dona Júlia a pegar um transporte por aplicativo e ir para casa descansar.

Jahol entrou no quarto e, enquanto Viviane distraía os enfermeiros, pegou Sílvio no colo e saiu pela janela, pulando direto na nave que o aguardava. Cautelosamente, acomodou Sílvio dentro da cápsula e iniciou os procedimentos regenerativos. A nave subiu até o terraço e Jahol aguardou Viviane, que chegou minutos depois, conforme havia combinado com ele. A nave voltou até o armazém no Cais Mauá.

XXV
AMOR NA CÁPSULA

Doze horas se passaram, e Sílvio começou a mostrar sinais de melhora. Jahol e Viviane comemoram a evolução de seu quadro de saúde. O Delegado Nelson ligou para Jahol, comunicando o desaparecimento de Sílvio. O extraterrestre, então, decidiu revelar sua identidade ao Delegado e pediu para ele ir até o Cais Mauá. Chegando ao armazém, o Delegado ligou novamente, avisando que estava em frente ao portão. Jahol abriu a porta menor, que ficava junto ao portão, e pediu para o Delegado entrar. A nave estava encoberta pela grande lona.

– Boa noite, Delegado.
– Como vai, meu caro Jahol? Creio que debaixo dessa lona esteja tua nave espacial.
– É tão óbvio assim, Delegado?
– Elementar, meu caro Jahol. Eu já tinha minhas suspeitas – disse o Delegado em tom descontraído.

Jahol acionou o motor no teto que recolhe a lona.

– Nossa, Jahol! É uma linda nave, *hein*!
– Sílvio a batizou de Speed Spectrum.
– E como ele está?
– Está se recuperando. Vivian está ali dentro com ele.

— Vocês três são de outro planeta?

— Não, Delegado, somente eu. Sílvio e Vivian são meus amigos e começaram a trabalhar comigo sem saberem, inicialmente, a minha identidade. Venha! Vamos entrar na nave.

Os dois entraram na nave, e o Delegado observou Viviane sentada ao lado da cápsula onde Sílvio recebia tratamento.

— Olá, Viviane! Como está esse rapaz?

— Oi, Delegado! Está melhorando. Tivemos que trazê-lo pra cá. Esta cápsula possui recursos regenerativos.

Assim, Jahol explica ao Delegado como conseguiu salvar Sílvio após a explosão, usando apenas uma porção da essência de seu corpo biossintético, sendo que, por isso, a medicina convencional terráquea não foi suficiente para curá-lo. O Delegado estava impressionado com o relato de Jahol.

— Delegado, pretende manter essa revelação em segredo? – questionou Jahol, preocupado.

— Sem dúvida, meu caro Jahol; fique tranquilo. Entretanto, eu espero contar contigo e com os recursos da Speed Spectrum para auxiliar na segurança.

— É claro, Delegado! Esse é o propósito de minha chegada antecipada à Terra.

— Excelente, Jahol! Estamos ansiosos pela chegada do seu povo; creio que, no momento oportuno, poderemos conversar com calma, e você me falará mais sobre teu planeta. Confesso que tenho muitas curiosidades.

— Entendo, Delegado. Passei por isso em relação à Terra. Sílvio e Viviane também fizerem muitas perguntas. Vamos conversando. Você tem sido uma pessoa muito especial. Obrigado por tudo.

— Tenho a mesma consideração por você, caro Jahol. Vamos torcer para o Sílvio se recuperar logo. Pode deixar que vou tratar de acobertar o desaparecimento dele do hospital, antes mesmo que saia na mídia.

O Delegado se preparava para ir embora, quando Sílvio novamente começou a convulsionar dentro da cápsula. Jahol, imediatamente, o socorreu, acionando um dispositivo de contenção. Sílvio acordou, a cápsula se abriu, e ele levantou seu tronco, ficando sentado dentro dela. Seus olhos estavam prateados, da mesma cor da essência do corpo biossintético de Jahol. Todos o observaram perplexos.

– *Silver Eyes*! – exclamou Jahol.

Viviane logo o abraçou forte. Sílvio ainda estava meio sem entender o que acontecera.

– Oi! Como vão? – perguntou, meio zonzo.

– Nós que te perguntamos – diz o Delegado, sorrindo.

– Estou meio confuso; lembro que nós estávamos no CTG e que teve uma explosão.

– Sim, Sílvio. Você foi atingido pela explosão e tive que usar a essência do meu corpo biossintético para te salvar. Te levamos ao hospital, mas depois tivemos que te trazer para a nave e usar os recursos regenerativos da cápsula – resumiu Jahol.

– O que mais você está sentindo, Sílvio? – perguntou Viviane, preocupada.

– Estou bem, Viviane. Na verdade, sinto que estou melhor que antes, uma vitalidade que não sei explicar.

– Eu também senti isso após o experimento, Sílvio. A substância do cometa tem propriedades incríveis, mas ao mesmo tempo é preocupante, pois nem todos sobrevivem a ela. Por isso, é melhor você continuar na cápsula se recuperando e sendo monitorado.

– Muito obrigado, Jahol. Te devo minha vida.

– Teus olhos prateados estão lindos! – disse Viviane, suspirando.

– Essa cor será permanente, Jahol? – perguntou Sílvio.

— Talvez, Sílvio. Os meus olhos mudaram de cor também; eram verdes e ficaram azuis.

— Pessoal, vou indo. Preciso tratar dos assuntos da segurança e ir ao hospital para justificar o sumiço desse rapaz de olhos prateados — disse o Delegado Nelson, apertando a mão de Sílvio.

— Muito obrigado, Delegado — respondeu Sílvio.

— Vou ligar para as nossas mães, avisar que o Sílvio está bem e que ficarei esta noite ajudando a cuidar dele — acrescentou Viviane.

— Vou acompanhá-lo até o hospital, Delegado. Temos que inventar uma boa história para o desaparecimento. Mais tarde, vou dormir no apartamento, pois Sílvio e Viviane precisam conversar — diz Jahol.

Os dois saíram da nave. Viviane e Sílvio ficaram a sós. Viviane olhou para ele e perguntou:

— Você lembra de nossa conversa após a explosão?

— Não tenho certeza... Parece que tive um sonho.

— Você me contou um segredo.

Sílvio ficou pensativo. Ele achava ter sonhado que, finalmente, revelara seus sentimentos a Viviane e que se beijaram.

— E nos beijamos? — perguntou, envergonhado.

Viviane não respondeu a pergunta; ela o beijou, sim, com intensa paixão. Depois de um longo beijo, ela decidiu responder:

— Sim! Nós nos beijamos, e eu também te amo!

E os dois, tomados pelo desejo, não conseguiram conter seus impulsos e tiraram suas roupas. A cápsula, antes usada para fins medicinais e regenerativos, dessa vez foi o local para um lindo momento de amor.

Todo o amor que Sílvio sentiu por anos agora era correspondido com a mesma emoção por Viviane.

XXVI
O CUPIDO

O inverno estava rigoroso, e a previsão para o dia da chegada dos estrangeiros era de muito frio, com termômetros marcando em torno de zero grau Celsius. Uma frente fria vinda da Argentina derrubara ainda mais a temperatura na região Sul do Brasil.

Sílvio e Viviane acordaram sem roupas, dentro da cápsula, mas não sentiam o frio, devido ao sistema de climatização da nave.

– Bom dia, meu amor! – disse Viviane, carinhosamente, dando um beijo em Sílvio.

Sílvio estava nas nuvens. Após o episódio traumático, quando quase perdeu a vida, estava agora nos braços de sua amada.

– Bom dia, querida! Será que morri e estou no céu? – brincou, beijando-a.

– Por que demorou tanto para se declarar?

– Minha autoestima e a timidez sempre foram um problema. Depois você teve alguns namorados e acabou se casando. Mesmo após você se separar, faltavam oportunidades. Temos que agradecer ao Jahol; numa noite, logo que o conheci, havia bebido e contei a ele o meu sentimento por ti. Daí, para minha surpresa, ele te contratou para trabalhar com a gente.

— Ah, então quer dizer que o Sr. Jahol me contratou por tua causa. Vocês me pagam, *hein*! – sorriu Viviane.

— Não podemos reclamar, né? Ele é um ser fantástico em todos os sentidos, e agora o nosso cupido – respondeu Sílvio, dando outro beijo nela.

O celular de Viviane tocou, ela atendeu e era Jahol avisando que estava chegando à nave. Alguns minutos depois, ele surgiu:

— Bom dia, meus amigos! Como estão? Vejo que o Sílvio está plenamente recuperado.

— Sr. Jahol, que história é essa de ter me contratado para ajudar no romance entre mim e o Sílvio? – sorriu Viviane.

— Pelo que estou vendo, o objetivo foi atingido. Não está satisfeita, Vivian? – retrucou Jahol.

— Não briguem por minha causa, por favor! – brincou Sílvio.

— Estou totalmente satisfeita e apaixonada por esse cara e seus lindos olhos prateados – respondeu Viviane, dando outro beijo em Sílvio.

— Então, missão cumprida! – disparou Jahol, piscando o olho.

— A que horas teus conterrâneos chegam? – indagou Viviane.

— Está previsto que seja amanhã, em torno das 15 horas. Combinei com o Delegado de deixar a nave de sobreaviso, pois pretendo ficar na Usina revisando a segurança. Você pode ficar na nave, Sílvio?

— É claro, Jahol! Pode deixar que eu e a Speed Spectrum estaremos vigilantes – respondeu prontamente.

— Não vou poder ficar, rapazes. Tenho que passar em casa e ver como está minha mãe, e se ela precisa de ajuda. Sílvio, também vou passar na tua casa e vejo como está a Dona Júlia, ok?

— Ok! Te agradeço, amor! – disse Sílvio, confiante.

Viviane chamou um transporte por aplicativo e foi embora. Jahol ficou com Sílvio na nave e aproveitou para examiná-lo com os instrumentos da cápsula.

– Você está muito bem, Sílvio. Teus índices corporais estão excelentes. Não sei se você notou, mas está mais alto e aparenta estar mais magro.

– Como isso aconteceu, Jahol?

– Ao que parece, a minha essência corporal te alterou em nível genético, ou seja, você agora tem DNA triluniano misturado.

– Que irado! Então virei um mestiço entre terráqueo e triluniano?

– A coleta de sangue que foi analisada pela cápsula está indicando isso. Temos que fazer mais testes em você e verificar o que mais mudou na tua fisiologia.

– Será que fiquei com habilidades tais quais as suas?

– É bem provável, Sílvio – respondeu Jahol seriamente.

– Vai fazer mais testes?

– Nossa prioridade é cuidarmos da segurança da cidade. Contudo, nos próximos dias, poderemos fazer novos exames com a ajuda dos nossos médicos que estão chegando na comitiva triluniana.

Jahol ficou com Sílvio na nave, uma vez que precisava monitorá-lo e ter certeza de que seu quadro de saúde se encontrava estável.

XXVII
O GRANDE DIA

Finalmente chegara o grande dia. Após o almoço, Jahol se deslocou até a Usina do Gasômetro e se encontrou com o Delegado Nelson na unidade da força-tarefa. Estava tudo pronto para receber os extraterrestres. Milhares de pessoas aguardavam atrás dos cordões de isolamento para acompanharem a chegada. O trânsito estava interrompido em várias ruas próximas da Usina. Jahol conversava com o Delegado.

– Então, Delegado, alguma ameaça detectada?

– Até o momento tudo sob controle, Jahol. A cidade está fechada. Hoje ninguém entra e ninguém sai.

– E o Triângulo Supremo?

– Não tivemos mais notícias, nem eles se manifestaram.

O evento estava sendo transmitido ao vivo para bilhões de pessoas em todo o planeta. Caças cruzavam os céus, patrulhando o perímetro. A esquadrilha da fumaça dava um *show* de acrobacia com os aviões, visto que os meios de comunicação tinham interesse comercial na cobertura, tratando o acontecimento como um grande espetáculo.

Eram 15 horas. A expectativa e a ansiedade tomavam conta de todos. Viviane, sua mãe e Dona Júlia assistiam a tudo pela TV. Sílvio acompanhava a cobertura pelos monitores da nave. Montou-se uma grande estrutura para acomodar a imprensa e as autoridades presentes. O Presidente da ONU foi escolhido para representar a Terra e dar as boas-vindas aos visitantes. Sob um frio intenso de zero grau, começa a nevar em Porto Alegre, coisa que não acontecia há muito tempo. Sem dúvida, uma feliz coincidência que deixa o público ainda mais eufórico.

De repente, uma gigantesca nave espacial surgiu no céu, e o público vibrou. Sua forma lembra um grande navio e aterrissa suavemente nas águas do Guaíba. Jahol não escondia sua felicidade, visto que na tripulação estava sua amada esposa. O Delegado Nelson percebeu sua emoção e lhe deu um forte abraço. A grande nave ficou parada na água e dela saiu uma nave menor, também em forma de barco, navegando calmamente até a estrutura montada na orla.

A escotilha da nave abriu-se e dela desembarcaram nove representantes de Triluni. Três deles com aparência humanoide, porém mais altos e mais magros que os humanos, sem cabelos, com um nariz reduzido e orelhas maiores e pontudas; os outros três tinham aparência de aves, com grandes asas, altura mediana e forte porte físico, além de penas pelo corpo e o nariz de bico de pássaro. Já os últimos três eram seres aquáticos, também altos e magros, porém com grandes olhos, pele com escamas, sem cabelos e sem nariz.

Jahol explicou ao Delegado que cada um deles representava um dos nove continentes de Triluni. Os seres extraordinários se aproximaram do local da recepção e passaram pelo setor de desinfecção protocolar. Em seguida, o líder da delegação, aparentemente o humanoide mais idoso, cumprimentou o Presidente da ONU. Os dois se dirigiram até a bancada para falarem aos microfones. O Presidente da ONU começou o discurso:

– Em nome do povo da Terra, saudamos os visitantes do espaço.

O público aplaudiu o momento antológico. O triluniano, em português, falou:

— Em nome do planeta Triluni, também saudamos os terráqueos. É uma honra imensa estarmos aqui e reafirmamos nosso compromisso de estarmos em missão de paz, visando à cooperação entre os povos.

O público voltou a aplaudir, mas desta vez com mais entusiasmo. O planeta todo foi tomado por grande comoção, pois se trata de um fato marcante na história. A Prefeita de Porto Alegre se aproximou e entregou a chave da cidade ao triluniano, gesto que simbolizava a confiança dos porto-alegrenses nos estrangeiros. Fogos de artifício foram lançados, e uma chuva de papel picado foi arremessada, deixando o evento num clima ainda mais festivo.

Contudo, aproximadamente a 4.000 quilômetros de distância, o submarino chileno encontrava-se clandestino no Oceano Pacífico e disparou três mísseis hipersônicos com ogivas nucleares, tendo como destino Porto Alegre. Cada míssil foi lançado com intervalo de dois minutos entre eles. O sistema de defesa antiaéreo detectou a ofensiva e, imediatamente, disparou mísseis de defesa para tentar interceptar o ataque. Lamentavelmente, os mísseis de defesa falharam, pois os hipersônicos usados no ataque eram de última geração e conseguiam driblar qualquer oponente. O General Soares avisou a todos:

— Alerta máximo! Estamos sob ataque. Previsão de impacto em dez minutos. O sistema de defesa não está conseguindo conter os mísseis dribladores de última geração.

O Delegado Nelson, então, questionou os especialistas:

— Como funcionam esses novos mísseis?

— Senhor, eles têm inteligência artificial e vão ao encontro de uma fonte que emita sinal de transmissão parecido com sinal de celular. É quase impossível detectar em tão pouco tempo.

— E como funcionam essas fontes?

– Elas precisam ser plantadas. Provavelmente, os membros do Triângulo Supremo conseguiram escondê-las nos arredores da Usina do Gasômetro.

O Delegado Nelson olhou para Jahol, que, imediatamente, acionou a Speed Spectrum. A nave chegou em segundos. Jahol entrou e sentou-se ao lado de Sílvio, que estava de prontidão. Sem perder tempo, Jahol lançou o drone, e a inteligência artificial da nave começou a rastrear o local em busca das fontes. Usando os comunicadores da nave, ele perguntou ao Delegado:

– Quanto tempo para o impacto do primeiro míssil?

– Seis minutos, Jahol – afirmou o Delegado, muito ofegante.

O drone, em alta velocidade, começou a vasculhar e encontrou uma das fontes na parte interna da chaminé da Usina do Gasômetro. Jahol contatou seus conterrâneos, e um dos seres alados voou rapidamente até o topo da chaminé e arrancou a fonte, que logo foi recolhida pelo drone.

– Quanto tempo, Delegado?

– Quatro minutos, Jahol!

O drone localizou a segunda fonte, que estava submersa no fundo do Guaíba. Um dos seres aquáticos mergulhou em uma velocidade espantosa até a fonte e, alguns segundos depois, ele emergiu com a fonte na mão, e o drone a recolheu.

– Quanto tempo, Delegado?

– Dois minutos, Jahol!

O drone localizou a última fonte, que estava enterrada nas margens do Guaíba, perto da Usina do Gasômetro e o humanoide mais jovem correu e conseguiu desenterrá-la para também ser recolhida pelo drone.

– Quanto tempo, Delegado?

– Um minuto, Jahol!

– E se destruirmos as fontes?

– Não é recomendado. Essas fontes foram projetadas para os mísseis atingirem alvos em movimento; caso se destrua a fonte, o alvo vira o local onde o sinal foi interrompido.

O drone foi rápido, porém não teria velocidade suficiente para escapar do míssil. Jahol, então, fez o drone voltar para a nave que, de imediato, partiu rumo ao espaço. Entretanto, a nave precisava ser rápida, pois uma explosão nuclear poderia destruir Porto Alegre, mesmo que fosse numa altitude considerável.

– Delegado, que distância é a ideal para nos afastarmos sem que se cause danos à cidade?

Os especialistas informaram a distância ao Delegado, que logo repassou a Jahol:

– No mínimo 100 quilômetros, Jahol.

Jahol verificou que o primeiro míssil estava chegando a uma velocidade de 30 mil quilômetros por hora e que não daria tempo de preparar a hipervelocidade da Speed Spectrum e escapar dele.

– Vamos nos preparar para o impacto, Sílvio. A nave foi projetada para aguentar colisões contra asteroides, vamos ver se ela vai aguentar uma explosão nuclear.

O míssil seguiu a Speed Spectrum sem trégua. Felizmente, a nave foi muito rápida e, mesmo sem usar os hiperpropulsores, conseguiu atingir um pouco mais de cem quilômetros de altura, ultrapassando a linha de Kármán. Jahol ainda tentou dispensar as fontes que estavam no drone, mas era tarde demais. O míssil atingiu a Speed Spectrum em cheio. Todos os movimentos eram transmitidos em tempo real pela TV através dos satélites, que estavam próximos. O público ficou atônito. Viviane chorava. No entanto, após a explosão, a nave ainda estava operando em condições precárias. Jahol tentou novamente dispensar as fontes, porém não conseguiu, haja vista que os danos causados na nave destruíram o drone.

— Como você está, Sílvio? — perguntou Jahol, aflito.

— Já estive melhor, Jahol.

— O segundo míssil está vindo. Não dará tempo de descartar as fontes, e não sei se a nave vai resistir a mais um impacto. Vamos ter que usar nossa energia para ajudar a restaurar a nave.

Jahol e Sílvio colocaram as mãos no console da nave, seus olhos começaram a brilhar e se iniciaram os reparos. Um minuto depois, o segundo míssil colidiu contra a Speed Spectrum, causando outra grande explosão nuclear. Como estava parcialmente restaurada, desta vez a nave ficou ainda mais avariada. Jahol e Sílvio desmaiaram e ficaram totalmente sem ação. O terceiro míssil estava chegando; caso os atingisse, provavelmente destruiria a nave e tiraria a vida de seus tripulantes. O Delegado Nelson tentou chamá-los pelos comunicadores:

— Jahol! Sílvio! Respondam pelo amor de Deus! Acordem! O terceiro míssil chegará em menos de um minuto!

Os dois, porém, seguiam desacordados. Parecia o fim, mas ao menos morreriam como heróis, tal qual o pai de Sílvio.

Trinta segundos para o terceiro impacto, e o público acompanhava pela TV o desfecho, que parecia ser trágico. Viviane seguia assistindo e chorava muito. O terceiro míssil rasgou o horizonte implacavelmente. Faltando dez segundos para o impacto, o míssil foi destruído por um poderoso *laser*. Nisso, todos vislumbravam a figura imponente do Cosmos III, que chegara a tempo dos confins do espaço sideral para ajudar na defesa da Terra. O público vibrou. Viviane, sua mãe e Dona Júlia se abraçaram e choraram, pois não sabiam qual o estado de saúde de Sílvio e Jahol.

Outra pequena espaçonave alienígena saiu da nave-mãe e resgatou a Speed Spectrum, que estava à deriva no espaço.

XXVIII
ACORDANDO NA NAVE-MÃE

Continuava nevando naquela tarde sensacional. Porto Alegre agora também estava sendo chamada de Porto Alien pelos veículos de comunicação. Eram quase 18 horas, e o pôr do sol proporcionava uma paisagem espetacular. O astro rei estava majestoso em seu tom alaranjado, parecendo ser acariciado pelos flocos de neve.

Sílvio acordou sobressaltado e perguntou ao ser extraterrestre que o estava monitorando:

– Onde estou?

– Olá, Sílvio! Sou o Dr. Estinenine, médico-chefe de nossa missão. Você está dentro de nossa nave principal, e eu estou acompanhando seu estado de saúde.

O Dr. Estinenine, um triluniano com aparência aquática, utilizava um equipamento tradutor para se comunicar.

– E o Jahol? – perguntou Sílvio, nitidamente angustiado.

– Fique tranquilo. Ele está bem e sendo cuidado no quarto ao lado.

– O que aconteceu?

– Vocês foram verdadeiros heróis. No entanto, quando tudo parecia perdido, foram salvos pelo *laser* do Cosmos III.

– Meu Deus, não acredito! O Cosmos III está de volta?

— Sim, e ele foi decisivo, assim como vocês.

Ainda incrédulo, Sílvio começava e perceber a dimensão de tudo que havia acontecido, pois acabara de ajudar a salvar a cidade e os ilustres visitantes, e ainda estava dentro da nave-mãe, falando com outros seres alienígenas. Alguns minutos depois, Jahol entrou no quarto acompanhado de outra humanoide.

— Como está, Sílvio?

— Bem, Jahol. E você?

— Já estive melhor — diz Jahol, sorrindo ao repetir a mesma frase que Sílvio lhe dissera após a Speed Spectrum ser atingida pelo míssil. — Deixa eu te apresentar a minha esposa.

A bela humanoide aperta a mão de Sílvio e se mostra muito simpática.

— Oi, Sílvio! É um prazer conhecê-lo. Meu nome é Trix.

— O prazer é meu, Trix. Jahol fala muito em você.

Dr. Estinenine interrompeu o diálogo e pediu para conversar a sós com Sílvio e Jahol.

— Os exames revelaram que o corpo biossintético de vocês absorveu muita radiação decorrente das explosões nucleares.

— Estamos doentes, doutor? — questionou Sílvio, atemorizado.

— Por enquanto não, Sílvio; pelo contrário, parece que a radiação aumentou a capacidade de regeneração de vocês. Algo extraordinário, pois potencializou a energia vital de suas células nanotecnológicas. Ainda não sabemos os benefícios ou malefícios que isso pode causar com o tempo, portanto nós teremos que fazer exames de rotina nos próximos meses.

Depois da conversa com o Dr. Estinenine, Jahol tomou o comprimido que o fez voltar à forma humanoide original e levou Sílvio para conhecer a nave-mãe e alguns de seus conterrâneos. Ele explicou a Sílvio que a evolução em Triluni ocorreu de forma diferente, se comparada à evolução do planeta Terra, visto que não apenas os humanoides foram dotados de inteligência, mas também os seres aquáticos e alados.

Sílvio impressionou-se com a harmonia entre as três espécies e percebeu que os estrangeiros teriam muito a ensinar aos humanos, pois dentro das três espécies também havia seres com raças, cor de pele e etnias distintas, o que demonstrava que a diversidade daquele povo era tratada com tolerância e respeito.

Viviane e o Delegado Nelson, a pedido de Jahol, foram convidados a visitar a nave-mãe. Ao se reencontrarem, Sílvio e Viviane se abraçaram e se beijaram. Ela, visivelmente emocionada, olhou para ele e disse:

– Eu te amo!

– Eu sei! – respondeu Sílvio em tom de brincadeira e ao mesmo tempo confiante.

O Delegado Nelson fez amizade com o Dr. Estinenine e ficaram conversando um bom tempo.

Os nove representantes de Triluni se reuniram com as autoridades. Conversaram sobre vários assuntos, sendo que os trilunianos tinham diversas soluções a oferecer em todas as principais áreas da sociedade, como economia, tecnologia, medicina, meio ambiente e equilíbrio social.

XXIX
QUATRO ANOS DEPOIS

Quatro anos se passaram e os trilunianos, com o aval da ONU, fundaram uma colônia na Antártida. Como eram acostumados a temperaturas mais baixas, não tiveram problema de adaptação naquelas terras geladas. Conseguiram criar um enorme rebanho de chitrusque, e o churrasco feito da carne do animal era delicioso. A piscicultura também foi desenvolvida na região. Os seres aquáticos se mostraram especialistas na criação de peixes e na culinária envolvendo frutos do mar. Metade da produção era destinada a ajudar na alimentação dos terráqueos, e a outra metade era exportada para sustento do povo de Triluni.

O planeta Terra, com a chegada dos extraterrenos, tornara-se um lugar melhor para viver. O preconceito e a intolerância estavam cada vez menores.

O Dr. Estinenine adorava futebol e foi convidado para assistir a um GreNal junto com Sílvio, Viviane, Jahol, Trix e outros trilunianos. Ficaram na torcida mista, alguns com a camisa do Grêmio e outros com a camisa do Internacional.

A fome estava sendo erradicada, e a natureza era, progressivamente, restaurada com a ajuda da tecnologia Triluni.

A Speed Spectrum foi reparada e, assim como Sílvio e Jahol, ficou com um misterioso vínculo energético, após eles usarem suas essências em conjunto no ataque dos mísseis.

Sílvio formou-se em Direito e conseguiu realizar seu sonho de entrar para a polícia. Ele ficou conhecido mundialmente como "Silver Eyes". A combinação da essência injetada por Jahol e as alterações genéticas advindas da radiação das explosões nucleares dos mísseis o deixaram com superpoderes, principalmente a telecinesia. Jahol, por sua vez, adquiriu o poder da telepatia. Os dois também ficaram com superforça e tornaram-se quase invulneráveis pela capacidade de regeneração extremamente rápida. Ambos viraram celebridades com *status* de super-heróis e, com a Speed Spectrum, atuaram ativamente em conjunto com as forças de segurança, objetivando neutralizar as principais atividades e prender importantes membros do Triângulo Supremo, exceto o grande líder, já que este continuava oculto em lugar incerto e não sabido.

Jahol e Trix compraram uma confortável casa na cidade de Gramado, pois ambos ficaram fascinados com a beleza e as atrações dessa linda cidade turística, principalmente pelos deliciosos e famosos chocolates.

Viviane tornou-se uma jornalista famosa e foi contratada por uma grande agência de notícias com exclusividade nas matérias e reportagens envolvendo os alienígenas. Ela também escreveu um livro de poesias e outro sobre os trilunianos.

Sílvio e Viviane se casaram, tendo Jahol e Trix como padrinhos. A beleza de Viviane e a elegância de Sílvio no casamento eram inefáveis. Fizeram uma linda festa no CTG, e o grupo musical Tchê Encantei animou o baile. Dona Júlia e os pais de Viviane, Dona Gema e Seu Pedro, ficaram muito emocionados com o casamento de seus filhos.

O Neco continuava *animeixonado*, mas arrumou uma namorada que fazia *cosplay* da personagem.

A lua de mel do casal Viviane e Sílvio foi na Europa, e eles foram até lá voando com a Speed Spectrum. A nave foi caprichosamente enfeitada para a cerimônia, com direito a latinhas na parte de trás e tudo mais. Visitaram principalmente a Irlanda (país de onde Viviane era descendente) e a Inglaterra.

O casal Sílvio e Viviane criaram uma conta conjunta nas redes sociais que ultrapassou a marca de um bilhão de seguidores. Os dois tornaram-se pessoas muito influentes e ajudaram em várias causas humanitárias, além de participarem ativamente de palestras e campanhas em favor do bem-estar social, do respeito às diversidades e pela paz entre as nações.

XXX
QUANDO OS ESTRANGEIROS CHEGAREM

Pouco tempo após o casamento, os trilunianos anunciaram que os Aclamados estavam vindo visitar a Terra e as instalações na Antártida. Viviane e Sílvio acompanharam a comitiva até a colônia, juntamente com Jahol, Trix e o Delegado Nelson. A base Triluni era imensa. Dentro da área fechada, a temperatura não era tão fria. Sílvio e Viviane já haviam visitado as instalações algumas vezes, mas sempre ficavam impressionados com a gigantesca estrutura, a limpeza, a organização do lugar e a incrível tecnologia presente.

Os Aclamados chegaram em uma grande nave, do mesmo porte da primeira nave-mãe que chegara na Terra. Eles desceram fortemente escoltados por guardas de Triluni, pois o temor de um novo atentado terrorista era uma preocupação constante. O Aclamado mais idoso, de origem alada, foi o porta-voz e assim iniciou seu discurso:

— Boa tarde a todos. Sou Galyel e atualmente estou como líder dos Aclamados. É com enorme satisfação que vejo terráqueos e trilunianos convivendo em paz e realizando diversos trabalhos de cooperação. Ficamos muito honrados em podermos contribuir para melhorar o bem-estar social do povo da Terra.

Galyel foi ovacionado com uma sonora salva de palmas e seguiu proferindo suas palavras.

– Entretanto, nem todas as notícias são boas. Nosso serviço secreto espacial vem trabalhando arduamente para identificar novos planetas habitados ou possíveis ameaças oriundas de qualquer parte do Universo. Quando decidimos enviar nossa primeira delegação até a Terra, não tínhamos certeza de qualquer ameaça, mas já monitorávamos alguns movimentos suspeitos. Nada dissemos antes, inclusive para os próprios trilunianos, pois não havia necessidade de causar temores e preocupações com situações hipotéticas. Nossos estudos e observações, porém, indicam que agora estamos diante de uma ameaça real. Temos que nos preparar e somar esforços, pois outra civilização inteligente e dotada de alta tecnologia está vindo em direção à Terra. Lamentavelmente, esses seres não são pacíficos e costumam saquear os recursos e subjugar a população dos planetas conquistados. Nós os chamamos de "Os Terríveis".

Todos ficaram surpresos e perplexos com a fatídica notícia dada por Galyel. O clima de segurança e esperança, que pairava desde a chegada dos visitantes de Triluni, agora dava lugar a uma grande aflição.

Viviane, chocada, olhou para Sílvio e disse:

– Meu Deus! O que será de nós quando os estrangeiros chegarem?